O HOMEM SENTIMENTAL

JAVIER MARÍAS

O homem sentimental
Epílogos de Juan Benet e do autor

Tradução
Eduardo Brandão

COMPANHIA DAS LETRAS

Copyright © 1986 by Javier Marías
Primeira edição Madri, Alfaguara, 1986

Título original
El hombre sentimental

Capa
Raul Loureiro

Foto de capa
© Gueorgui Pinkhassov / Magnum Photos
Palais Garnier, Paris (1997)

Preparação
Eugênio Vinci de Moraes

Revisão
Carmen S. da Costa
Olga Cafalcchio

Os personagens e as situações desta obra são reais apenas no universo da ficção; não se referem a pessoas e fatos concretos, e sobre eles não emitem opinião.

Dados Internacionais de Catalogação na Publicação (CIP)
(Câmara Brasileira do Livro, SP, Brasil)

Marías, Javier
O homem sentimental / epílogos de Juan Benet e do autor / Javier
Marías; tradução Eduardo Brandão. — São Paulo : Companhia das Le-
tras, 2004.

   Título Original: El hombre sentimental.
   ISBN 85-359-0586-3

   1. Romance espanhol II. Título.

04-7670   CDD-863.64

Índice para catálogo sistemático:
1. Romances: Literatura espanhola 863.64

[2004]
Todos os direitos desta edição reservados à
EDITORA SCHWARCZ LTDA.
Rua Bandeira Paulista 702 cj. 32
04532-002 — São Paulo — SP
Telefone (11) 3707-3500
Fax (11) 3707-3501
www.companhiadasletras.com.br

Sumário

O HOMEM SENTIMENTAL, 11

DOIS EPÍLOGOS
Nenhum terreno vedado, por Juan Benet, 151
O que não se consumou, por Javier Marías, 155

A Daniella Pittarello,
che magari continue existindo

*I think myself into love, and
I dream myself out of it.*
Hazlitt

"Não sei se devo lhes contar meus sonhos. São sonhos velhos, fora de moda, mais apropriados a um adolescente do que a um cidadão. São floreados e ao mesmo tempo precisos, meio lentos embora de grande colorido, como os que poderia ter uma alma fantasiosa mas no fundo simples, uma alma muito ordenada. São sonhos que acabam cansando um pouco, porque quem os sonha sempre acorda antes do seu desenlace, como se o impulso onírico se esgotasse na representação dos pormenores e se desinteressasse pelo resultado, como se a atividade de sonhar fosse a única ainda ideal e sem objetivo. Não conheço, assim, o final dos meus sonhos, e pode ser falta de consideração relatá-los sem estar em condições de oferecer uma conclusão ou um ensinamento. Mas a mim eles parecem imaginativos e muito intensos. A única coisa que posso acrescentar a meu favor é que escrevo partindo dessa forma de duração — desse lugar da minha eternidade — que me escolheu.

No entanto, o que sonhei esta manhã, quando já era dia, é algo que realmente aconteceu e que aconteceu comigo, quando eu era um pouco mais jovem, ou menos velho que agora, se bem que ainda não tenha terminado.

Quatro anos atrás viajei por causa do meu trabalho, justo antes de vencer milagrosamente meu medo de avião (sou cantor), seguidas vezes de trem num período de tempo bastante curto, ao todo umas seis semanas. Esses deslocamentos breves e contínuos levaram-me pela parte ocidental do nosso continente, e foi no penúltimo da série (de Edimburgo a Londres, de Londres a Paris e de Paris a Madri, num dia e numa noite) que vi pela primeira vez os três rostos sonhados esta manhã, que também são os que ocuparam parte da minha imaginação, muito da minha lembrança e minha vida inteira (respectivamente) desde então até hoje, ou durante quatro anos.

A verdade é que demorei a olhar para eles, como se algo me avisasse ou eu, sem saber, quisesse adiar o risco e a boa sorte que ia implicar fazê-lo (mas temo que essa idéia pertença mais ao meu sonho do que à realidade de então). Eu estivera lendo um volume de fátuas memórias de um escritor austríaco, mas em dado momento e como me irritava muito (na verdade, aquela madrugada me tirou do sério), fechei-o e, contra o meu costume quando viajo de trem e não vou conversando, lendo, repassando meu repertório ou relembrando fracassos ou sucessos, não olhei 'diretamente' a paisagem, mas para os meus companheiros de cabine. A mulher dormia, os homens estavam acordados.

O primeiro homem, sim, olhava a paisagem, sentado bem na minha frente, com a volumosa cabeça de cabelos grisalhos e encaracolados virada para a direita e a mão que chamava a atenção por sua pequenez — era tão pequena que parecia não pertencer a nenhum corpo verdadeiramente humano — acariciando a face com vagar. Só podia ver suas feições de perfil, mas dentro da essencial ambigüidade da sua idade — um desses físicos um tanto feéricos que dão a impressão de estar agüentando mais que o devido as pressões do tempo, como se a ameaça de uma morte pronta e a esperança de permanecer fixados para sempre numa imagem incólume lhes compensasse o esforço —, parecia mais que maduro em virtude daquela abundante vegetação coberta pela geada que o coroava e de duas fissuras — incisões lenhosas numa pele lisa — que, dos dois lados de uma boca apagada e em princípio inexpressiva, faziam pensar, entretanto, numa personalidade propensa a sorrir ao longo dos lustros, seja quando fosse oportuno, seja quando não fosse. Naquele momento de seus anos indefiníveis, eu o adivinhava tranqüilo e via-o vulgar e endinheirado, com calças elegantes mas um tanto gastas e ligeiramente curtas — as canelas quase descobertas — e um paletó chamativo cujo tecido misturava cores demais. Um homem a que a riqueza chegou com atraso, pensei; talvez um médio empresário, independente mas esforçado. Como me faltava seu olhar, que ele dedicava ao lado de fora, eu não saberia dizer se se tratava de um indivíduo extrovertido ou sombrio (embora estivesse muito perfumado, delatando uma vaidade murcha mas invicta). Em todo caso, olhava com extraordinária atenção, com loquacidade, diria, como se estivesse assistindo à instantânea realização de um desenho ou como o que se oferecesse aos seus olhos fosse água ou fogo, dos quais às vezes relutamos tanto em afastar a vista. Mas a paisagem nunca é dramática, como é a realização de um desenho, ou a água movediça, ou o fogo titubeante, e é esse o motivo pelo qual observá-la descansa os cansados e aborrece os que não se cansam. Eu, em que pese meu aspecto fornido e uma saúde de que não posso me queixar, levando-se em conta que minha profissão exige-a de verdadeiro ferro, eu me canso muitíssimo, motivo pelo qual optei por olhar a paisagem, 'indiretamente' e através dos olhos invisíveis do homem das mãos pequenas, das calças elegantes e do paletó exagerado. Mas como estava anoitecendo não vi quase nada — somente baixos-relevos — e pensei que talvez o homem estivesse olhando para si mesmo no vidro. Pelo menos eu, ao cabo de uns minutos, quando por fim se produziu a suave rendição da luz após o mínimo e vacilante fulgor de um entardecer ainda setentrional, vi-o duplicado, desdobrado, repetido, quase com idêntica nitidez no vidro da janela e na realidade. Indubitavelmente, decidi, o homem estava escrutando seus traços, olhando para si mesmo.

O segundo homem, sentado na minha diagonal, mantinha imutável o olhar para a frente. Era uma dessas cabeças cuja simples contemplação traz desassossego à alma de quem ainda tem diante de si um caminho por abrir, ou, para dizer de outra maneira, de quem ainda depende do seu próprio esforço. A careca que devia ser prematura não havia conseguido abalar sua satisfação nem o convencimento da sua sede de dominação, tampouco havia temperado — nem sequer anuviado — a expressão ferina dos olhos acostumados a passar rapidamente pelas coisas do mundo — acostumados a ser mimados pelas coisas do mundo — e que tinham cor de conhaque. Sua insegurança só se havia permitido pagar o tributo de um esmerado bigode negro que dissimulasse suas feições plebéias e reduzisse um pouco a incipiente gordura — que a olhos por ele subjugados ainda poderia ter passado por vigor — da sua cabeça, do seu pescoço e do seu tórax tendente à convexidade. Aquele homem era um potentado, um ambicioso, um político, um explorador, e sua indumentária, principalmente o paletó brilhante e a gravata com prendedor, parecia provir do outro lado do oceano, ou de uma polida concessão européia ao estilo que se julga elegante no além-mar. Seria uns dez anos mais velho que eu, mas uma índole impulsiva imediatamente reconhecível no sorriso que de vez em quando seus volumosos lábios ensaiavam em silêncio — como quem muda de postura ou cruza e descruza as pernas, nada mais — me fez pensar que aquele sujeito tão prepotente devia abrigar na sua personalidade um elemento infantil que, em conjunção com seu físico corpulento, faria oscilar a reação dos que o captassem entre a irrisão e o terror, com algumas gotas de irracional compaixão. Talvez fosse isso a única coisa que lhe faltava na vida: que seus desejos fossem entendidos e cumpridos sem necessidade de dá-los a conhecer. Mesmo na certeza de consumá-los, talvez se visse na obrigação de recorrer vez ou outra a artimanhas, ameaças, imprecações, desalentos. Mas talvez só para se divertir, talvez para pôr periodicamente à prova seus dotes de histrião e não perder flexibilidade. Talvez para subjugar melhor, pois sei muito bem que não há submissão mais eficaz nem mais duradoura do que a que se edifica sobre o que é fingido, melhor ainda, sobre o que nunca existiu. Esse homem que em meu sonho julguei desde o início tão pusilânime quanto tirânico não olhou para mim — o outro tampouco —, nem uma só vez, pelo menos enquanto eu pudesse perceber, isto é, enquanto eu olhava para ele. Esse homem, do qual agora sei muito, olhava, como dizer, impassível diante de si, como se no assento vazio que seguramente não via estivesse escrita a relação detalhada de um futuro por ele conhecido, que ele se limitava a verificar.

Assim como esse sujeito explorador deixava ver por inteiro seu semblante e o indivíduo um tanto feérico somente o perfil, a mulher que ia sentada entre os dois, com a qual os homens talvez viajassem ou talvez não, carecia de qualquer rosto por enquanto. Estava de cabeça erguida, mas cobriam seu rosto os cabelos castanhos e lisos jogados deliberadamente para a frente, talvez para preservar da luz o ligeiro sonho ferroviário, talvez também para não oferecer em vão a imagem de intimidade e abandono que ela própria desconheceria, sua imagem dormente e sem vida. Tinha as pernas cruzadas, e as botas invernais de pouquíssimo salto só deixavam ver a parte superior da panturrilha, que, prolongada num joelho sobre o qual o tênue lustre das meias se intensificava, terminava nas orlas de uma saia negra que me pareceu de camurça. Toda a figura, salvo o rosto, produzia uma sensação de impecabilidade, de fixidez, de acabamento e conformidade, como se nela já não coubessem mudanças nem emenda nem negação — como os dias já terminados, como as lendas, como a liturgia das religiões firmes, como os quadros de séculos passados que ninguém se atreveria a tocar. As mãos, apoiadas no regaço, descansavam por sua vez uma sobre a outra, a direita com a palma aberta, a esquerda — perpendicularmente caída — com o punho semicerrado. Mas o polegar dessa mão — compridos dedos, dedos um tanto nodosos, como de quem vai tendo antes do tempo a tentação de dizer adeus à juventude — se movia intermitentemente com leveza, como são às vezes os movimentos involuntários e de caráter espasmódico dos que dormem sem querer. Usava um anacrônico colar de pérolas; usava uma estola vermelha ao redor do pescoço; usava um anel duplo de prata no dedo médio. A madeixa, que sem dúvida ela havia disposto daquela maneira com um só gesto da cabeça muitas vezes praticado, não permitia nem sequer imaginar o conjunto das suas feições a partir de um só traço visível, tão densamente caía ela, como um véu opaco. Por isso observei detidamente as mãos. À parte o movimento do polegar, outra coisa me chamou a atenção: não tanto as unhas — firmes, esbranquiçadas, cuidadas — mas a pele que as rodeava parecia atrozmente mordida ou queimada, a tal ponto que a dos indicadores — pois era sobretudo a dos indicadores — podia-se dizer que não existia e desconfiar que nunca tivesse existido. As bordas daquelas unhas haviam sofrido uma alteração epidérmica grave que lhes havia deixado como sinal uma cor encarnada e feia, própria de uma inflamação, ou estavam em carne viva. Pensei que, se fosse a segunda coisa (pois eu não conseguia distinguir direito), era um trabalho não tanto dos incisivos não vistos da mulher que dormia e da menina que havia sido, quanto do próprio tempo, pois a atrofia — e era disso que parecia se tratar — necessita tanto da falta de uso e atividade, tanto da vontade de supressão sistemática, quanto da mais temporal das coisas que existem, aquela que também melhor distrai as coisas todas da sua temporalidade: o costume (ou sua filha sempre tardia, a lei, que é ao mesmo tempo quem anuncia que o tempo do costume já está passando, e o fim da distração). Eu estava começando a divagar um pouco acerca dessas questões das quais na realidade nada entendo e nada sei, quando um forte sacolejo lateral do trem fez que de repente aqueles cabelos castanhos, luminosos e lisos deixassem momentaneamente a descoberto o rosto que protegiam. Esse rosto não acordou, e foram poucos os segundos antes de tudo voltar à sua posição, mas nos lábios grandes, apertados e tensos, nas pálpebras apertadas, tensas e percorridas por minúsculas veias avermelhadas (nos olhos cerrados não vistos), vi que a mulher que dormia estava acometida... como dizer? Talvez tenha visto que estava acometida de dissoluções melancólicas.

— Não quero morrer como um imbecil — disse pouco tempo depois a essa mulher num quarto de hotel apertado, escuro e de uma sordidez que então não fui capaz de perceber, com as paredes nuas e as colchas cinzentas, ou talvez lutuosas, ou simplesmente jogadas de qualquer jeito no chão de carpete limpo mas enegrecido, em que não havia espaço nem para caminhar, com duas malas metade por desfazer ocupando o espaço pelo qual daria para ir até o banheiro tão vazio e tão branco que duas escovas de dente — grená e verde —, colocadas num mesmo copo, cujo celofane desapareceu sem que soubéssemos em que momento nem quem o havia feito desaparecer, atraíam o olhar como a mão atrai o punhal ou o ferro o ímã, a tal ponto que, quando já não havia uma das duas escovas na última noite que estive ali, o aspecto da louça, dos ladrilhos do chão e das paredes se tingiu do grená da escova que ficou, e essa cor chegou a anexar o negro do *nécessaire* que deixei na prateleira de vidro para que depois da partida houvesse alguma mudança ou houvesse luto no banheiro tão vazio e tão branco, e ao qual mal se podia chegar através das malas meio

18

desfeitas e das colchas jogadas de qualquer jeito no chão, quando num quarto de hotel eu disse, ou disse pouco tempo depois, a essa mesma mulher: — Não quero morrer como um imbecil e, como um dia ou outro vou irremediavelmente morrer, quero acima de tudo cuidar enquanto tenho tempo dessa única coisa que é certa e irremediável, mas quero sobretudo cuidar da forma da minha morte, porque a forma é o que, em compensação, não é tão certa nem tão irremediável. É da forma da nossa morte que devemos cuidar, e para cuidar dela devemos cuidar da nossa vida, porque ela é que, sem ser nada em si quando cessar e for substituída, será no entanto a única coisa capaz de nos fazer saber se no fim das contas morremos como um imbecil ou morremos de maneira aceitável. Você é minha vida, meu amor, minha vida de conhecimento, e porque é minha vida não quero ter ao meu lado outra pessoa que não seja você, quando eu morrer. Mas não quero que você chegue de repente ao meu leito de morte depois de saber que agonizo, nem que vá ao meu enterro para se despedir de mim quando eu já não puder ver você, nem puder cheirar você, nem puder beijar seu rosto, nem quero que você aceite ou procure me acompanhar em meus últimos anos por termos nós dois sobrevivido às nossas respectivas e chorosas ou separadas vidas, pois não me basta. Quero, isso sim, que na hora da minha morte o que ali esteja presente seja a encarnação da minha vida, que não será outra coisa senão o que ela *foi*, e para que você a tenha sido é necessário que tenha estado ao meu lado desde agora até esse meu momento definitivo. Eu não poderia suportar que nessa hora você fosse apenas recordação, que estivesse misturada e pertencesse a um tempo distante e borrado, que é o nosso nítido tempo de agora, porque a recordação, o tempo remoto e a mistura é o que mais detesto e o que sempre procurei rebaixar e negar, e enterrar à medida que se iam formando, à medida que cada presente estimado e enaltecido deixava de sê-lo para ser passado, e ia sendo vencido pelo que não sei como chamar se não chamo de sua própria e impaciente posteridade ou seu não-agora. Por isso você não deve ir embora agora, porque se for agora você deixará não só minha vida, meu amor, minha vida de conhecimento, mas também a forma escolhida da minha morte.

Ainda me lembro perfeitamente de como ela me ouvia jogada na cama de um quarto de hotel: estava descalça mas ainda vestida, apoiada nos cotovelos e com as pernas dobradas; a saia cinza um pouco levantada deixando ver parte da coxa, a madeixa castanha, luminosa e lisa virada para o lado oposto de onde eu estava; e o doce olhar irônico e grave tão fixo em meus incessantes lábios que me fez sentir que eu era tão-somente lábios e que meus lábios eram os únicos responsáveis e artífices do que deles saía.

— E se eu morrer antes?

— Tudo é possível — respondi antes de mais nada. Mas creio que fiz isso para dissimular ou retardar um pouco (fiz isso para ganhar tempo) a única outra resposta comum e admissível que veio em seguida, a que ela esperava e também teria esperado qualquer mortal que naquele momento estivesse, como ela, jogado naquela cama: 'Mas sua morte seria também a minha'. — Mas sua morte seria também a minha — disse a essa mesma mulher e, como acontece na ópera, assim repeti várias vezes no meu sonho desta manhã.

Minha profissão me obriga a levar com freqüência uma vida muito solitária nas grandes capitais do mundo, e Madri, a cidade em que passei boa parte da minha infância e boa parte da minha adolescência, não foi uma exceção quatro anos atrás. Aliás, depois de muito tempo sem ter passado por lá, a cidade me pareceu solitária e triste, como poucas eu vi em minhas numerosas viagens pelo exterior. Mais até que as cidades inglesas, que são as piores do globo, as mais mórbidas e as mais hostis; mais até que as da Alemanha Oriental, em que há tanta disciplina e tanto torpor que ir assobiando pela rua produz o efeito de um cataclismo; mais até que as suíças, que pelo menos são limpas, calmas e dão margem à imaginação pelo próprio fato de não dizerem nada.

Já Madri parece ter pressa de dizer tudo, como se estivesse consciente de que sua única possibilidade de conquistar o viajante reside no atordoamento e na veemência desenfreados. Ela não se permite, portanto, nenhuma experiência duradoura, nenhuma advertência e nenhuma reserva, e com isso não permite tampouco ao visitante (não digamos ao residente perpetuamente fustigado) a menor esperança imaginativa ou imaginária de que possa existir algo mais — oculto, não expresso, omitido ou não mais que contingente — do que lhe é oferecido sem pudor quando dá uns passos por suas ruas sujas e asfixiadas. Madri é rústica, divertida e não encerra mistério, e não há nada tão triste nem tão solitário como uma cidade sem enigma aparente ou aparência de enigma, nada tão dissuasório, nada tão opressivo para o visitante. Eu, como em meu sonho de quatro anos atrás, era um visitante dessa cidade apesar de ter vivido nela ou em seus arredores quando não era mais que uma criança e dependia inteiramente do meu padrinho, que me acolheu e me levou de Barcelona para lá depois da morte da minha mãe. (Eu fui durante vários lustros o que se chama um parente pobre: eu o fui literalmente, e foi nessa época que residi em Madri. Em compensação, embora quatro anos atrás já houvesse muito que eu tinha deixado de ser um parente pobre e ganhasse a vida folgadamente, então, em virtude da minha prolongadíssima ausência e do escasso contato mantido com meu antigo benfeitor desde a minha emancipação, eu era tão visitante de Madri quanto havia sido de Veneza, Milão e Edimburgo algumas semanas antes.)

A todas essas cidades, como disse, me levava e ainda continua me levando minha profissão, uma das mais tristes e solitárias que existem, apesar do que a maioria das pessoas — que só nos vê no palco, nas capas dos discos, nos cartazes ou em algum espetáculo televisionado: isto é, sempre maquiados — imagina. Porque a verdade é que, em essência, não nos diferenciamos muito dos representantes de vendas, com a ressalva de que este último ofício vai deixando de existir, está em vias de desaparecimento, sem dúvida porque os dirigentes das empresas, apesar de serem em geral indivíduos muito pragmáticos e pouco humanitários, se deram conta de que ninguém pode levar uma vida tão dispersa e tão dura. Soube de representantes de vendas que acabaram no manicômio, ou assassinando um cliente em potencial, ou suicidando-se num hotel de luxo, sabendo que os insólitos excessos (piscina coberta, sauna, massagens, hard drinks, mas principalmente tinturaria) seriam inutilmente descontados de um salário póstumo que eles haviam tido o cuidado de estourar e que em todo caso ninguém iria mesmo receber. Pelo menos morrer com o terno bem passado.

Nós, cantores de ópera, ficamos sempre em hotéis de luxo e os excessos não são insólitos, nem são excessos, são a norma e inclusive a exigência, mas nossa vida na cidade em que vamos trabalhar não é muito diferente da de um representante de vendas. Em cada hotel em que me hospedei — em cada hotel em que portanto havia um cantor —, havia pelo menos um representante de vendas que, durante minha estada, cortava os pulsos numa banheira cheia de espuma ou esfaqueava sem dó nem piedade um camareiro, se despia velozmente no vestíbulo ou agarrava no elevador a mulher de algum membro de algum governo, ateava fogo num tapete ou destroçava com o extintor os espelhos do seu quarto de luxo. E sempre, antes ou depois das suas explosões, percebia alguma modalidade de identificação com eles por um ou outro detalhe, por um ou outro traço, por um gesto de cansaço crônico que surpreendia no representante quando nos encontrávamos no elevador tarde da noite, a gravata torta e os olhos mansos; por um olhar comum e oblíquo de paciência ou derrota; pela maneira de alisar dissimuladamente o cabelo ou passar o lenço na testa; pela forma pouco original de suicidar-se. Às vezes encontrava esse representante morrediço no bar do hotel, cada um sentado num tamborete a poucos metros de distância, deixando transcorrer uma hora já morta nessa zona que você procura conhecer imediatamente, mal você se instala, para dispor de um terceiro refúgio ou ponto de apoio (o primeiro é o quarto, o vestíbulo o segundo) que nos resguarde e nos guarde de sair logo na cidade nova, desconhecida e desconhecedora, onde tudo nos ignora e não nos solicita nada.

Nessas ocasiões, porém, se o representante sabia porventura o que ou quem era eu, não me olhava como eu olhava para ele, como um igual ou um semelhante, mas com inveja e ressentimento. E até se não sabia: pois minhas roupas são melhores, minha confiança em mim mesmo mais aparente, minha maneira de segurar o copo mais desenvolta, minhas pernas estão sempre cruzadas e soltas, o lenço que passo na testa está limpo e dobrado, e talvez seja colorido, enquanto o dele está amarrotado, sujo e é invariavelmente branco; sua testa é mais enrugada. O que faz a diferença não é tanto o grau de fama (nulo no caso dele) ou a consciência de respeitabilidade social que o exercício das nossas respectivas profissões nos proporciona, quanto o costume de pisar num determinado tipo de terreno: do mesmo modo que o representante está num hotel de luxo por um desespero extremo e não tem como não se considerar um intruso — um parente pobre admitido ali excepcionalmente porque ali vai se manifestar sua perturbação ou celebrar-se a sua morte —, eu sou um artista, um homem do mundo que, embora na realidade se encontre ali por causa do trabalho, isto é, por um desespero latente ou que ainda está se incubando, não pode ver sua presença naquele lugar como uma transgressão, um abuso de confiança ou um desafio, mas como rotina; para mim, minha presença ali ainda não tem, como para ele, um significado simbólico nem o caráter de um ultimato. De modo algum é um grito de socorro, que é o que é no caso dele. E não pressagia nada. Mas isso não impede que às vezes, no representante destruído ou a ponto de destruir-se, eu tenha acreditado ver uma sombra ou uma antecipação do que me aguarda. Ele está no fim de uma vida solitária e triste, enquanto o cantor de ópera ainda não chegou ao fim da dele pela simples razão de que nunca está tão seguro quanto o representante de vendas de que essa sua vida é efetivamente solitária e triste. Por culpa da maquiagem, o cantor tem menos clarividência.

Mas, sem negar todas essas diferenças, insisto em que a vida nas grandes capitais é muito parecida para ambos os ofícios. Os cantores de ópera chegam a um lugar: somos recebidos no hotel (nem sempre porém, e é claro que nunca no aeroporto nem na estação) e somos levemente recepcionados na primeira noite pelos organizadores (isto é, pelos empresários, pela parte contratante que *finge* nos ter convidado). Aqui se acabam as honrarias e praticamente as amabilidades, porque a partir da manhã seguinte iniciamos um período de uma, duas ou até três semanas durante as quais temos obrigações estritas a cumprir, e a única coisa que fazemos é ensaiar, comer mal, ensaiar e dormir, quase não nos afastando do trajeto que temos de efetuar entre o hotel e a sala de ensaios ou, se for o caso, de gravação. Levando-se em conta que os empresários sempre acreditam estar nos fazendo um grande favor ao considerar que o melhor e mais cômodo para nós é que esses dois lugares sejam próximos, nossos trajetos pelas cidades que visitamos são com freqüência de algumas centenas de metros (a não ser que a existência de um velho amigo nessa localidade nos faça desviar ou que por rebeldia ou curiosidade nos proponhamos o contrário). Eu não sou conformista, sou uma exceção, mas tenho colegas para os quais uma imensa cidade de milhões de habitantes se reduz a uma, duas ou três ruas pelas quais, de resto, nunca vão a pé. Quando você vai trabalhar num lugar, você não tem vontade de visitar esse lugar; muito pelo contrário, o que os cantores de ópera tentam é justamente não se dar conta de que nos achamos num lugar diferente do anterior ao qual viajamos, para tentar evitar assim a esquizofrenia geográfica (e, em nosso caso, também lingüística) que poderia nos levar ao mesmo fim demente, criminoso ou suicida de tantos representantes de vendas. Para sorte da maioria dos cantores, um hotel de luxo é sempre bastante parecido com outro hotel de luxo, e uma sala de gravação ou de ensaio bastante parecida com outra sala de gravação ou de ensaio; e, por último, um público que grita bravo e aplaude, bastante parecido com outro público que faz mais ou menos outro tanto, provavelmente para que muitos dos meus colegas se convençam — de vez em quando — de que cada vez que abandonam seu lar e viajam a trabalho para outro país ou outra cidade, o país ou a cidade em apreço não variam, são sempre os mesmos. Mediante essa ficção procuram forjar a idéia de que não são seres inteiramente anormais nem itinerantes, de que não são diferentes, por exemplo, desses professores universitários que vivem numa capital e ensinam em outra cidade da província agrupando as classes em dois dias da semana, nem dos jogadores de futebol, que só estão fora sábados e domingos (e os internacionais algumas quartas); e de que são, sim, em compensação, diferentes dos conferencistas profissionais, dos tenistas, dos jogadores de golfe, dos toureiros durante a temporada e dos representantes de vendas.

Durante nossa permanência nas cidades procuramos, portanto — e mesmo se não procurássemos não seria fácil outra coisa —, ter contato em geral apenas com as pessoas do nosso ofício: os outros intérpretes da ópera em que vamos atuar, os integrantes do coro (quando há), os figurantes e os músicos da orquestra, gente também bastante parecida em toda parte para que tampouco salientem o fato insípido e transtornador de que nos encontramos num lugar que não é em absoluto o mesmo de alguns dias atrás, nem de algumas semanas atrás, ou meses, ou até anos. Mas o problema para levar essa ilusão às suas últimas conseqüências está em que, se o lugar for realmente o mesmo em todas as ocasiões (como pretendemos simular ante a nossa consciência), não há dúvida de que nesse caso já teríamos feito amizades nele e nele nos sentiríamos como numa segunda casa; melhor ainda, nele *teríamos* uma segunda casa, e não nos hospedaríamos num hotel. Mas como não é assim, nossa vida, apesar de todos os esforços de imaginação e todas as comodidades, apesar do muito dinheiro que ganhamos, apesar dos buquês de flores, dos cumprimentos, das ovações e das apoteoses, acaba sendo essencialmente como a dos representantes de vendas — que no entanto estão se extinguindo —, pelo menos enquanto dura cada uma das nossas tristes e solitárias passagens pelas grandes capitais do mundo. E passamos a vida passando por elas.

Mas não sou como a maioria dos cantores. Depois das longas, insatisfatórias e quase sempre irritantes sessões de ensaio, o que mais me desagrada é justamente a companhia dos meus colegas e dos músicos da orquestra (primeiro violino e maestro inclusos), não só porque ficar com eles supõe em boa medida um prolongamento inconsciente do trabalho, mas porque com eles, na realidade, só se pode falar desse trabalho ou do mundo que o rodeia, ou seja, da música ou do mundo da música, e falar de música é algo em que nunca vi o menor sentido, por não reconhecer que, para mim, é algo que sempre foi cansativo e árido, ou frustrante e estúpido. Ou se fala tecnicamente, ou se fala sentimentalmente, e isso é conversa frustrante e estúpida. A verdade é que, fora disso, meus colegas só dão para bate-papos de escritório, porque têm espírito de burocratas. Quanto ao mais e ao contrário da maioria deles, gosto de notar que estou num lugar novo e desconhecido; entrar nos lugares públicos para ter bem presente que ali se fala uma língua que conheço mal ou não conheço em absoluto; observar com atenção as roupas e os chapéus (agora se vêem poucos) que os cidadãos gostam de usar na rua; verificar se as lojas estão vazias ou cheias nas horas de trabalho dos escritórios; estudar a distribuição das notícias nos jornais; contemplar edifícios públicos que só se podem encontrar nesse determinado lugar do mundo; notar os tipos gráficos que predominam nos letreiros dos estabelecimentos comerciais (lê-los como um selvagem, mesmo que não entenda nada); escrutar os rostos no metrô e nos ônibus que freqüento com essa finalidade; individualizar esses rostos, imaginar se poderia ou não encontrá-los em outro lugar; perder-me deliberadamente pelos bairros em que já aprendi a me movimentar, isto é, com o mapa na mão, se preciso; perceber a inimitável marcha com que o dia enlanguesce em cada ponto do globo e o instante indeciso e variável em que as luzes se acendem; pisar onde os pés não deixam rastro, no luminoso asfalto das manhãs ou em algum calçamento de pedra poeirento e vetusto que um só poste clareia ao cair da tarde; visitar os bares cheios de murmúrios indistinguíveis, felizes em sua insignificância e que tudo cobrem e apagam; misturar-me à gente nas brancas ruas meridionais ou nas cinzentas avenidas setentrionais na hora declinante dos passeios ou do recolhimento e da breve trégua; ver como as mulheres saem bem-arrumadas ao entardecer ou talvez à noite, ver como as esperam os carros de mil cores; fantasiar as noitadas que as aguardam; perder tempo. E em cada cidade a que vou gostaria de conhecer gente, conhecer essas mulheres, que talvez entrem tão bem-vestidas em seus automóveis, de esmalte impecável, para ir à ópera ouvir o Leão de Nápoles cantar: para ir me ver.

Agora que já sou bastante famoso, porque de vez em quando apareço nas televisões do mundo, consigo conhecer superficialmente uma ou outra pessoa aonde quer que eu vá; quase sempre, entretanto, admiradores cujas dúvidas e uniformidade me aborrecem. Mas faz quatro anos, quando ainda tinha de me conformar com papéis de Spoletta, de Trabuco, de Dancairo e até de Monostatos (esse papel é bom, mas eu odiava me disfarçar de negro careca), era-me impossível travar relação de qualquer tipo com os habitantes dessas cidades, que eu me limitava a ver como se vê no anúncio de um jornal estrangeiro lido em casa a promessa de um espetáculo. Por isso e apesar das minhas inclinações, da minha curiosidade, do meu inconformismo, em muitas ocasiões acabava claudicando e levando eu também o tipo de vida monótona, desanimada e pouco imaginativa dos cantores. Exasperava-me não poder me confundir com a população local em mais do que no puramente físico e acessório (compartilhar seu espaço ou, no máximo, acotovelar-me com eles nos transportes públicos), não poder participar dos negócios e afazeres que traziam nas mãos diante dos meus próprios olhos, nem dos movimentos decididos, quase mecânicos — que denotavam um objetivo, um cálculo, uma ocupação, uma pressa —, dos transeuntes e dos automobilistas que passavam sem cessar diante dos meus olhos em qualquer ponto da capital e a qualquer hora que eu escolhesse para minhas errâncias. Irritava-me não ser um deles; irritava-me não poder compartilhar as almas deles. O próprio vestíbulo do hotel, por definição repleto de forasteiros, de gente — como eu — de passagem, produzia-me infinito desassossego e inveja: todos, até os que estão visivelmente esperando, descansando ou matando tempo, dão a impressão de saber tão bem a que se propõem, todos parecem tão atarefados, tão decididos, tão a ponto de ir para algum lugar cuja existência adquire sentido por aguardá-los, tão absortos em suas atividades presentes, ou iminentes, ou sonhadas, ou projetadas, que a consciência das minhas horas mortas me deprimia imensamente, e durante minhas estadas terminava por aproveitar apenas o momento da manhã em que eu próprio atravessava esse vestíbulo com uma pasta cheia de partituras e anotações para sair à rua e me dirigir para a sala de ensaios, assim como dos escassos minutos que durava meu trajeto até ali: o único momento do dia em que meu aspecto, meus andares e meus gestos podiam ser assimilados aos dos demais, o único momento em que eu também, como os afortunados cidadãos sedentários, era obrigado a guiar meus passos, sem outra opção, na direção de um lugar concreto e preestabelecido e — o que tinha mais importância ainda — estabelecido de antemão por alguns membros (os empresários da ópera) dessa comunidade misteriosa e esquiva. Durante esse trajeto caminhava com rapidez e determinação, o olhar para o alto e para a frente, sem me deter senão nos semáforos, sem me distrair com os rostos nem com os edifícios, imerso na enxurrada ensimesmada, anônima e comutável da manhã, sabendo — por uma vez — aonde ia e aonde tinha de ir. Gozava incomensuravelmente desse momento único, tão breve quanto ansiado, em que por fim podia fazer-me passar diante deles por um deles e, em conseqüência, não sentia nenhum desejo de conhecer ninguém que já não conhecesse. Porque se dá por descontado que quem vive continuamente numa cidade tem — para o bem ou para o mal, para satisfação ou insatisfação — sua cota mais ou menos completa de conhecidos.

Nos instantes de ócio, em compensação, depois de voltar ao hotel e sobretudo quando, depois das sessões de ensaio, já havia perambulado pela cidade infrutiferamente por longo tempo — sentindo-me sempre parte integrante do que nas grandes capitais chamam de população flutuante —, a única possibilidade que me restava de conhecer alguém, nem que fosse um forasteiro ou um estrangeiro como eu, eram o vestíbulo e o bar do hotel, onde, como disse, a única pessoa em geral disponível e disposta a entabular uma conversa de qualquer índole (sem que houvesse interesse monetário nem sexual no meio, que conforme o caso não são bons condutos para compartilhar as almas) era o representante de vendas que nessas datas precisas tivesse decidido se alojar naquele preciso hotel de luxo para verificar fugazmente que, inclusive longe de casa e entre os que viajam, existem outras vidas nas quais as roupas estão sempre passadas e, com isso, completar seu desespero extremo e reafirmar-se em sua rebelião ou morte.

Mas isso tudo não estava no meu sonho desta manhã, ou pelo menos não com tanta ordem como estou contando, em todo caso as sensações que descrevi o circundam, do mesmo modo que essas sensações estavam também presentes e me oprimiam na que outrora havia sido minha própria cidade, Madri, quando cheguei a ela quatro anos atrás para interpretar um dos meus papéis mais destacados até então, o de Cassio no *Otello* de Verdi. Lembro-me ter passado dois dias inteiros dominado por essas sensações tão desagradáveis, que além do mais em Madri se viam realçadas, porque ali os edifícios não constituíam novidade nem redescoberta para mim, portanto, eu me entretinha menos na contemplação deles durante meus passeios, e sobretudo porque, já que me sentia visitante, *sabia* que não parava de sê-lo ou que rigorosamente não o era e temia que acontecesse o que em outras cidades me parecia tão desejável: que, por minha inevitável rememoração do terreno, por meu aspecto — quem sabe se por meus traços faciais —, por minha falta de sotaque na minha própria língua, me tomassem por um aborígine ou por um residente. Tudo era para mim estranhamente conhecido e alheio, ou íntimo e reprovável, desde o porte pretensioso e ridículo dos habitantes até a sujeira e a asfixia de quase todas as ruas, desde o trânsito indisciplinado — regido por malfeitores —, cheio de táxis sempre (se bem que agora a maioria era branca em vez de preta), até os bares incompreensivelmente entupidos nas horas mais impróprias, desde a vociferação e os modos bruscos até as anacrônicas fachadas dos cinemas com imensos cartazes e os onipresentes caminhões de lixo. Tudo abominável e próprio.

Talvez por essa ambivalência que presidia meus contatos com a cidade inteira, na terceira noite no bar do hotel — onde pelo menos o grau de familiaridade e estranhamento se mantinha nos costumeiros termos de todas as capitais —, hesitei, mais do que seria esperado, se o indivíduo que também estava lá enquanto eu tomava um copo de leite quente antes de ir me deitar, separados ambos por uns poucos metros desertos de balcão, era-me mais conhecido que de costume por se tratar de um rosto que vinha do meu remoto passado madrileno e que — por exemplo — havia por acaso marcado um encontro ali, ou por reunir quase completamente as características mais comuns dos representantes de vendas em sua viagem para a eternidade: um olhar iluminado e vivo, como de quem de repente perdeu todo o escrúpulo ou está retardando o advento de uma experiência única sobre cujo teor ele decide; uma roupa um pouco gasta que à primeira vista parece nova: reabilitada por demais subitamente, isto é, sem transições; uma ânsia de bebida que se intui recente e comparável tãosó à dos nórdicos na véspera dos feriados ou dos norte-americanos quando resolvem sentar-se num bar, ao que parece indissoluvelmente associada em suas imaginações à ingestão de álcool como processo e meta; uma indissimulável predisposição ao diálogo que, no entanto, não tem nada a ver com a verborréia de alguns bêbados — pois os viajantes, por mais embriagados que estejam, guardam precavidamente seu comedimento até a hora da explosão, por medo de serem descobertos antes do tempo — e que só é observável nos olhares de impaciência lançados ao desdenhoso barman ou a qualquer cliente; as meias quase sempre caídas ou em todo caso frouxas, porque a tinturaria não pôde fazer nada por elas; a posição das mãos, com freqüência cruzadas em cima da mesa ou do bar num gesto de incerteza — vestígio das preces, que nunca se sabe se serão atendidas — em que às vezes também encontrei momentâneo alívio para meus desesperos latentes. Foram as mãos desse indivíduo, diminutas como costumam ser as mãos daqueles punhos rendados dos quadros ou trajes setecentistas, as quais, ao cabo de alguns minutos de involuntários olhares de viés e esforço de memória, me permitiram identificá-lo como o sujeito que estava na minha frente no trem quatro ou cinco dias antes. Não havia reconhecido no mesmo instante aquele homem de aspecto tão irregular porque, contido, na primeira ocasião em que eu o vira haviam-me sido vedadas as duas coisas que agora, primeiro enquanto me lançava insistentes olhares, depois quando finalmente se virou para mim e me dirigiu a palavra num ato de reconhecimento que me pareceu quase simultâneo ao meu, me era dado contemplar sem impedimentos e que, de fato, mais chamavam a atenção (mais até que seu pervertido paletó, mais que sua cabeça expansiva, mais que seu presunçoso cheiro): olhos indiscutivelmente saltados e as altas e protuberantes gengivas que seu sorriso breve e cordial descobria imediatamente.

— O senhor — disse, apontando para o meu queixo com um movimento do dedo mindinho que me pareceu exageradamente confiado para um desconhecido —, o senhor estava faz alguns dias no mesmo trem que nós, não é? — E sem me dar tempo para contestar nem assentir, acrescentou: — Não se lembra de mim?

Essas duas frases, exatamente tal como foram ditas, mas ouvindo eu com maior lentidão do que então a palavra *nós*, repe-

33

tiram-se algumas vezes em meu sonho desta manhã, enquanto eu via — creio, porém, que em preto-e-branco — o sorriso contente e franco de Dato, que segurava um copo já quase vazio de uísque numa mão e com a outra continuava apontando para o meu queixo com a satisfação e a desenvoltura de quem vê surgir por fim diante de si a pessoa que esperava havia muito tempo. Sim, eu me lembrava dele. Eu me lembrava dele. Não sei por que a memória seletiva dos sonhos é tão diferente da dos nossos sentidos despertos, pois não posso acreditar nessas explicações judiciosas segundo as quais aflora nos primeiros, sob diversos disfarces, o que os segundos suprimem. Há nessa crença um elemento que me parece excessivamente religioso, uma vaga idéia de reparação em que não posso deixar de imaginar a marca de coisas como a advertência do mal, os ouvidos moucos, a opressão dos justos, a luta dos opostos, a verdade que aguarda sua revelação e a noção de que existe uma parte de nós que está em contato mais direto com as divindades do que está nosso discernimento. E por isso inclino-me mais a crer que as obstinadas paradas do tempo nos sonhos são civilizadas, respirações convencionais de caráter dramático, narrativo ou rítmico, como o fim de um capítulo ou os entreatos, como o cigarro que se fuma depois do almoço, os minutos dedicados a folhear o jornal antes do início das atividades, a pausa que precede a leitura de uma carta temida ou o último olhar no espelho antes de sair à noite. Ou talvez se devam à dúvida, pois a verdade sonhada e o raciocínio sonhado nem sempre transcorrem tão decididamente quanto têm fama. Há em alguns sonhos, como à luz do dia, hesitação, retrocesso, retificação e tempos mortos. Às vezes temos até que dar tempo para canalizá-los, isto é, temos de matar esses tempos deliberadamente. Não estou muito longe das crenças de alguns antigos e, como eles, além de premonições e avisos que nos damos a nós mesmos, vejo nos sonhos intuições e explicações que não são incompatíveis com a consciência alerta, comentários explícitos — por mais metafóricos que sejam: não há contradição nisso — acerca do mundo, do mesmo e único mundo que abriga o dia, por mais alheia que nos pareça de manhã a esfera noturna. Sonhei, por exemplo, que cantava Wagner, que nunca cantarei ou pelo menos não deveria cantar, porque minha voz não se presta muito bem, nem tenho a especialização necessária. Mas *poderia* cantar Wagner à luz do dia se me empenhasse, ou, melhor ainda, à luz do dia posso recordar com perfeição papéis wagnerianos inteiros que nem sequer experimento cantarolar a sós enquanto me barbeio; mas *posso* pensá-los, embora não esteja em condições de reproduzi-los, como pode também fazê-lo qualquer pessoa que não seja cantor mas que tenha memória, como poderia fazê-lo inclusive um representante de vendas, se os soubesse. Faço isso com meus sentidos despertos, e canto e não canto na mesma medida que canto ou não canto quando sonho que canto Wagner. E ontem à noite sonhei com o que aconteceu comigo quatro anos atrás na realidade, se é que esse termo serve para alguma coisa ou pode se contrapor a nada. Claro que houve diferenças, pois embora os fatos e minha visão da história correspondam, sonhei o sucedido em outra ordem, com outro tempo e com outros cortes ou divisões do tempo, concentradamente, seletivamente e — isso é o decisivo e o incongruente — já sabendo o que havia acontecido, conhecendo, por exemplo, o nome, o caráter e a atuação de Dato antes que em meu sonho acontecesse nosso primeiro encontro. O estranho é que em meu sonho houvesse sucessão quando na minha cabeça já havia síntese. Claro que, em compensação, enquanto sonhava, ignorava se meu sonho se afastaria num momento dado do acontecido faz quatro anos ou se se restringiria a isso até o fim, como afinal se deu, e como sei e posso dizer agora quando vai avançando a manhã. Mas também é claro que agora não sei até que ponto estou contando o que aconteceu e em que medida conto meu sonho do acontecido, apesar de ambas as coisas me parecerem a mesma. Li certa vez num livro de um alemão que as pessoas que não tomam o café-da-manhã desejam evitar o contato do dia e não querem entrar nele, porque na realidade é somente através do segundo despertar, o do estômago, que se consegue sair totalmente da penumbra e da esfera noturna, e é só depois de ter chegado são e salvo à outra margem que alguém pode se permitir relatar o sonhado sem que isso traga consigo calamidades, já que, se relata em jejum, ainda se encontra sob o domínio do sonho e o trai com suas palavras, expondo-se assim à vingança dele. E conta como se falasse dormindo. Essa idéia, de raízes inconfundivelmente populares, esconde, tal como as manejadas por psiquiatras, psicólogos, psicanalistas, psicoterapeutas e demais usurpadores da palavra *psique*, um desprezo infinito pelo sonho sob a sua pretensão de levá-lo a sério, pois parte do princípio de que há dois mundos separados, o do sonho e o da vigília, ou, o que é pior, dois mundos inamistosos, contrários, receosos um do outro, dispostos a ocultar suas riquezas e seus conhecimentos e a não compartilhá-los nem uni-los a não ser após a tomada violenta, a conversão forçada, a interpretação invasora de um dos territórios, com a particularidade de que o único que sofre dessa ânsia de submissão, o único que alcança esse ânimo de conquista, é o campo diurno. Mas o que eu me dispunha a confessar é que, ao não aceitar tal idéia, decidi, por via das dúvidas, não fazer o desjejum esta manhã na esperança de poder contar ambas as coisas, o que sucedeu e o sonho do sucedido, tendo como princípio não as distinguir. Por isso não comi nada, depois veremos quando comerei.

E no entanto estou resistindo a contar tudo a vocês. Um pobre tenor que tem medo do seu próprio relato ou de seus próprios sonhos, como se utilizar palavras em vez de letra, vocábulos não ditados, frases inventadas em vez de textos já escritos, aprendidos, memorizados, repetitivos, paralisasse sua poderosa voz, que só conheceu até agora o estilo recitativo. Para mim, é difícil falar sem libreto.

Eu não era então um homem inteiramente livre e o que ignoro e temo que nunca saberei é por que menti a Dato a esse respeito, quando naquela noite no bar do hotel ele me perguntou sobre o meu estado civil. Não foi uma das suas primeiras perguntas, mas dá na mesma: eu não podia imaginar ainda o que ele ia me propor sem dizer que propunha. E se eu não tivesse faltado com a verdade talvez ele não houvesse proposto nada.

— Quer dizer que o senhor é cantor. Devia ter imaginado por esse tórax tão potente, pelos ombros, pelos peitorais, pela postura, poderosa; o senhor é a imagem viva de um cantor, não sei se já lhe disseram. Eu não entendo muito de música, mas adoro mú-

37

sica, de qualquer espécie que seja, nunca me incomoda nem um pouco ouvir música, esteja eu fazendo o que estiver, é verdade, em qualquer lugar e em qualquer circunstância. E deve ser uma vida apaixonante, não é mesmo?

Até o instante de mentir sobre a minha situação, eu lhe disse sempre a verdade, se bem que os modos de Dato me parecessem desde o início difíceis de aceitar e seus comentários totalmente triviais, tanto que no momento em que ia responder àquilo pensei se realmente compensava entrar numa conversa insossa, tida mil vezes e (já se via) conspurcada pela impertinência que a ignorância inevitavelmente irradia, em troca de um pouco de companhia naquela que tinha sido um dia minha própria cidade. Mas o certo é que, apesar da vulgaridade das suas formas e das suas primeiras frases, aquele indivíduo (que eu já não tomava em absoluto por um representante de vendas: despreocupado demais, a voz e o jeito apagados demais, a roupa, observando bem, cara demais) tinha algo de intrigante ao mesmo tempo que convidava à confiança. Apesar do tom tão terra-a-terra, seu aspecto e sua expressão continuavam sendo irreais ou verossímeis demais, como uma caricatura de Daumier. Sorria o tempo todo com desembaraço, mostrando as gengivas robustas, tão vultosas que pareciam a ponto de explodir a qualquer momento, e movia com vivacidade suas mãos de miniatura.

— Bem, não é tão apaixonante assim. É variada, é interessante, com tanta andança a gente não fica acomodado. Mas também, creia-me, é uma existência solitária e dura. Muito dispersa, com tanta viagem. — E falei-lhe brevemente (mas com veemência) dos meus pesares e do meu descontentamento, do meu desespero incompleto ou latente, para acabar lhe fazendo a pergunta que ia se tornando obrigatória: — E o senhor, a que se dedica?

Eu disse que já então e, na verdade, quando o reconheci como o mesmo homem do trem que se mirava tão atentamente no vidro da janela, havia descartado que pudesse se tratar de um representante de vendas; mas, afora o que havia pensado naquela ocasião (sem muita convicção nem muito aprofundamento: um médio empresário), não havia parado para pensar quais poderiam ser, nesse caso, suas atividades. Claro, nunca teria adivinhado a resposta que ele deu:

— Sou acompanhante. Ora, não se espante. Meu passaporte não diz isso, nem seria esse o meu título, suponho, mas antes o de secretário particular, conselheiro de finanças, delegado da firma Manur na península Ibérica, o que o senhor preferir. Já fui operador de bolsa, e isso marca, com certeza, deixa vestígios, que fazer? Mas na realidade o que sou é acompanhante. Na minha idade não vale a pena pavonear-se faltando com a verdade. E a verdade é que não passo de um acompanhante. Bem pago, isso sim.

Outra vez me perguntei se aquela conversa me interessava ou não, de modo que não respondi no ato e tomei de um só gole o copo de leite que, ainda intacto, eu mantinha diante de mim, o que foi aproveitado por Dato para me fazer outra observação imprópria:

— Tem de cuidar da garganta e não tomar nada gelado, não é? Mais um uísque, por favor.

— Sim — respondi mecanicamente. — Não resfriar a garganta é fundamental. Por exemplo, raramente tiro o cachecol antes de junho já ir bem avançado, e mesmo assim conforme o tempo.

— Não me diga. E quando o põe?

— Em setembro, quase no começo do mês, em geral. Se o senhor vir uma vez um homem jovem com echarpe em fins de junho e início de setembro, pode estar certo de que é um cantor. É uma vida ingrata, acredite, com muitas restrições e muitos sacrifícios. Não podemos nem sequer nos permitir um vulgar resfriado, que, como o senhor pode imaginar, é uma catástrofe, porque mesmo que o cantor fique bom rápido não volta a estar em condições perfeitas antes de umas quatro ou cinco semanas. E com isso não cumprimos ou cumprimos mal os contratos, e perdemos dinheiro e prestígio. Mas, diga-me — e tornei a levar a conversa para o único ponto que até então tinha me chamado a atenção: chamava-me a atenção que, na solidão daquela que um dia fora minha cidade, quem me fazia companhia dizia ser, justamente, um acompanhante profissional —, em que consiste ser um acompanhante? A quem o senhor acompanha? E como faz? Se aluga?

Dato sorriu com maior amplitude que anteriormente (era um homem simpático ou pretendia sê-lo) e meneou negativamente uma das suas delicadas mãos, antes de pegar com ela o novo copo.

— Não, o senhor não me entendeu. Não sou como aquelas moças a quem dão o nome de acompanhantes, se é o que está pensando: sabe, uma dessas mulheres anódinas, solícitas ou intransigentes, que cuidam de doentes ou ajudam velhotes nos filmes. O que quero dizer é que, apesar das minhas funções teóricas (de conselheiro de finanças e coisas assim), o que mais faço, aquilo para o que mais precisam de mim e me utilizam, é acompanhar os que me empregam. O senhor não os viu? Não percebeu? Viajavam no trem comigo.

Claro que eu tinha visto, escrutado, analisado e até definido: um explorador e uma infeliz, um potentado e uma melancólica, um ambicioso e uma desarvorada. Era o que tinham me parecido, e de fato eu havia pensado neles de vez em quando desde que os vira. Sim, sonhei que neste momento da conversa com Dato eu me lembrava ou reconhecia ter dedicado pensamentos fugidios a eles nos três primeiros dias da minha estada em Madri, enquanto começava a ensaiar no Teatro de la Zarzuela meu papel de Cassio no *Otello* de Verdi. Ter dedicado pensamentos a ela. Claro que os tinha visto, claro que tinha reparado neles, mas, também não sei direito por quê — ou talvez agora sim eu saiba perfeitamente por quê —, fingi puxar pela memória por alguns segundos.

— Ah, um casal, ele muito... imponente? — Não queria ter utilizado a palavra *imponente*, que tanto se emprega para falar do físico: queria ter utilizado um adjetivo que o qualificasse moralmente, mas então não me ocorreu outro melhor que não pudesse ser ofensivo.

— Disse bem, muito imponente. O senhor Manur é muito imponente. Ela, porém, é uma lástima. Não de aspecto, claro, é muito atraente e elegante, mas é uma pessoa perdida, muito infeliz. E, claro, é principalmente ela que eu acompanho, tanto em casa, lá em Bruxelas (ele é belga, sabe?, moramos em Bruxelas), como nas viagens que fazemos de vez em quando, como agora. Sobretudo durante as viagens. Ela, o senhor sabe, não vê futuro e se entedia. Ela sofre, nunca está satisfeita, e do ponto de vista dela motivos é que não faltam. Devo distraí-la, tentar que se entedie e sofra o menos possível, que não cause muitos transtornos ao senhor Manur, que não fique tão descontente, que se concentre no presente, que não caia na apatia. Ouço os lamentos e as confidências dela, consolo-a com meus raciocínios, peço-lhe paciência em meu nome e em nome do senhor Manur, faço-lhe ver mais os prós do que os contras; acompanho-a ao cinema, a uma exposição, ao teatro, à ópera, a um concerto; ela tem predileção pelos livros antigos e pelas coisas antigas em geral, e eu consulto, *estudo* enormes catálogos dos mais distintos livreiros de Paris, de Londres, de Nova York, e encomendo para ela os livros mais estranhos e bem-cotados, edições raras e caras, sempre obras que lhe possam interessar; e vou com ela a leilões, onde dou o lance, levanto o dedo ou faço o sinal adequado, e onde compramos não apenas quadros, mas também móveis, estatuetas, vasos, um ou outro tapete, relógios de parede, corta-papéis, caixinhas, pesos de papel, gravuras, molduras, figuras, tudo o que pode imaginar, tudo de primeira, tudo antiqüíssimo e de um gosto impecável. Faço tudo o que está ao meu alcance, mas também não tenho tanta imaginação assim, em tantos anos, além do mais estou cansado, muito cansado. Sei quais são os males dela, conheço-os de cor, e ela também sabe de cor meus argumentos, meus recursos, minhas persuasões.

Dato fez uma pausa para beber seu uísque. Era evidente que havia iniciado uma queixa, mas nem sua voz nem seus gestos nem seu sorriso complacente haviam variado minimamente. Era como se ele também recitasse uma lamentação, a introdução de uma ária. Porque tampouco havia em seu tom o menor indício de brincadeira, nem mesmo de ironia. Ou seja, aquela mulher era levada a sério e sem rancor, talvez porque, conforme parecia — pensei —, era o trabalho da sua vida, mesmo se contra a sua vontade.

— O único lugar do mundo em que costumava sentir-se bem, no qual podia prescindir de tudo e, portanto, também de mim (*volontiers*), o único lugar de que conservava uma lembrança independente e anterior ao seu funesto casamento era Madri, de onde ela é natural, de onde foi arrancada há doze ou quinze anos e onde ainda vivia seu irmão até não muitos meses atrás. Quando vínhamos a Madri (e, como a empresa Manur sempre teve tradicionalmente aqui muitos negócios, vínhamos freqüentemente), eu podia descansar e me dedicar a outras coisas. O senhor Manur, como sempre e em todos os lugares, cuida de seus múltiplos assuntos financeiros (ele é banqueiro, o senhor sabia?), e Natalia, sua mulher (ela se chama Natalia, o senhor sabia?), via o irmão todas as horas do dia. Eram os únicos períodos em que ficava contente, quase esquecendo sua melancolia, quase indiferente a Manur, quase amável com Manur quando, ocasionalmente, cruzava com ele no vestíbulo do hotel ou tinham de ir juntos a algum jantar formal, quase sempre em companhia, em todo caso, de Monte, seu irmão. E o que acontece agora? Monte não está mais

42

em Madri, foi viver na América (nada menos que na América!) e nestes três dias em que estamos na cidade Natalia está mais descontente e deprimida do que nunca; é a primeira vez que vem a Madri sem que Monte esteja aqui, e ela se entedia, se desanima e sofre mais que nunca (por um duplo motivo), e isso em momentos em que minhas reservas estão esgotadas, em que não sei mais de que modo distraí-la, nem o que fazer para conseguir que sorria um pouco, pelo menos durante os jantares formais. Não sei mais o que lhe ensinar. Posso ser um homem engenhoso quando quero, sabe? Posso ser tremendamente engenhoso, mas ela já conhece todas as minhas brincadeiras, todas as minhas graças, o estilo das minhas piadas, até prevê em que ocasiões vou ser espirituoso. Conhece meus mecanismos e conhece a cidade, nasceu aqui. Não vou levá-la ao Prado ou para ver a Plaza Mayor, como se isso pudesse ser uma novidade para ela. Por outro lado, estou sem o menor apoio: não lhe restam amizades dos seus anos de juventude, saiu daqui com dezenove ou vinte anos, as pessoas estão muito ocupadas; ela não escreve nem liga para ninguém há anos, a gente tem de manter o contato; e a única coisa que sabe é que, nesta cidade, sua própria cidade, ela não existe: só existia (quando vinha) através de Monte. Conhece as pessoas que seu irmão lhe apresentava, mas essas pessoas não vão vê-la sem o irmão, o senhor sabe como são os costumes, inamovíveis, e quão pouco curiosas são as pessoas. E agora acontece que, onde eu costumava ter férias, férias de acompanhante, preciso trabalhar e forçar a imaginação mais do que nunca; tenho de acompanhá-la quase o tempo todo, sobretudo em seus intermináveis passeios por zonas que sem dúvida viu mil vezes e conhece com perfeição. Eles me esgotam. Não tenho mais idade para andar tanto. Ainda mais que Madri, quando quer, é uma cidade muito hostil, e eu me vejo obrigado a andar horas a fio por uma cidade hostil; a andar parando o tempo todo (ela olha as vitrines e os edifícios incessantemente), que é o que mais cansa. O que tradicionalmente era meu descanso transformou-se na pior temporada, na pior viagem de todo o ano.

Dato terminou seu segundo copo de uísque e pediu mais meio. Seu cabelo volumoso e encaracolado parecia aumentado ou inflado pela agitação contida com que ia falando. Continuava não havendo mais ninguém no bar do hotel, só ele e eu diante da presença invisível do barman. Dato apontou a porta com suas mãozinhas setecentistas:

— Daqui a alguns minutos ela vai aparecer por aquela porta e não permitirá que eu vá me deitar nem que continue minha conversa com o senhor. Não, ela me pedirá, me ordenará que a acompanhe numa última volta pelo quarteirão, porque a noite está tão agradável, ou vai querer tomar um drinque comigo para me contar como se sentiu mal durante o jantar (esta noite o senhor Manur levou-a a um jantar de casais, que também era um jantar de negócios e um jantar formal). Enquanto isso, ele, o senhor, irá dormir para estar em forma amanhã e poder se dedicar ardorosamente a seus múltiplos negócios e afazeres. Já eu, como sou inútil (na realidade, sou um inútil), ele pode prescindir perfeitamente dos meus serviços teóricos; Manur pode fazer tudo sem meu auxílio e sou mais útil e valioso acompanhando Natalia para que não se chateie, não sofra e não fique totalmente descontente. O senhor entende? O senhor percebe? Sou um acompanhante, nada mais que um acompanhante, e ambos, Natalia e Manur, sabem que é para isso que sou pago, exclusivamente, e valem-se disso. Eu também sei. Está vendo? O senhor se queixa da sua solidão; eu, em compensação, me queixo da minha companhia. O senhor se queixa da excessiva dispersão e diversidade da sua vida; já eu me queixo da excessiva concentração e monotonia da minha. Acompanhar Natalia Manur, nisso consiste a minha vida estes últimos anos, esse é o conteúdo verdadeiro da minha atual existência. Ela é uma pessoa agradabilíssima, claro, embora melancólica, mas somente um marido, um amante ou talvez um irmão podem acompanhar indefinida e incondicionalmente uma mulher, não acha? E eu não sou marido, nem amante, nem tampouco irmão dela. O senhor Manur é o marido dela e Monte o irmão, e ela, por incrível que pareça, não tem amantes. É um contra-senso na situação dela, mas infelizmente não tem.

Dato tinha dito estas últimas palavras com grande convicção, como se — penso agora — pretendesse provocar com elas minha incredulidade.

— Como o senhor pode ter tanta certeza? Ela lhe conta coisas assim?

— Bem, não sei se me conta tudo, mas o que não me conta é um pouco como se não existisse. Se não existe para mim, também não existe para o senhor Manur e, se não existe para ele, também não existe para mim. Não sei se me entende.

— Creio que não.

Dato não parecia temer estar falando demais. Em meu sonho desta manhã, ao longo dessa conversa repetida, apareceu-me como um homem paciente e determinado. Determinado a me contar com muita paciência e em seu devido tempo o que eu não sabia.

— É o senhor Manur que paga meu ordenado e, como o senhor pode imaginar, espera de mim que lhe transmita qualquer novidade importante a respeito da sua mulher. Dá por certo que, se alguém pode estar a par do que acontece ou deixa de acontecer com Natalia Manur, esse alguém sou eu (ao fim de vários anos como seu acompanhante quase perpétuo e seu confidente provavelmente único, não tenha dúvida de que esse alguém sou eu). Ao mesmo tempo, Natalia sabe quais são minhas obrigações e lealdades teóricas ou oficiais, de modo que, dirá o senhor (e dirá bem), não me contará nada que não queira que o senhor Manur saiba.

45

Do outro ponto de vista supõe-se, no entanto, como lhe disse, que eu devo saber tudo sobre Natalia, pelo menos tudo o que tenha importância. E como não sei se tem amantes (o que normalmente seria importante), devo concluir que não tem nenhum. Porque, na realidade, deixando de lado as suposições, só sei o que ela me conta. É a única coisa que posso saber e a única coisa que me podem exigir saber. Entende-me agora?

— Não completamente — insisti, se bem que começasse a compreender a confissão de duplicidade que Dato estava me oferecendo. Pareceu impacientar-se levemente com a minha resposta, mas foi só um segundo (a boca de repente inexpressiva e fechada, como eu a tinha visto no trem; os olhos inquisitivos ainda mais saltados do que antes), logo depois continuou a sorrir abertamente.

— O senhor é casado?

— Não — disse na hora, e, embora fosse verdade que não estivesse casado de acordo com nenhuma lei, pensei imediatamente que havia mentido e pensei imediatamente em Berta, que quatro anos atrás já vivia comigo havia um. (Sim, embora não me agrade lembrar isso agora, embora preferisse que não houvesse sido assim, a verdade é que Berta viveu algum tempo comigo: e sempre me esperava em casa no regresso das minhas viagens operísticas, que, como venho contando, já eram bastante numerosas naquela época.) Quer dizer, embora não tenha mentido, menti e, como disse antes, não posso deixar de me perguntar se foi uma mentira determinante. Talvez não tenha sido. Em todo caso, pouco importou durante estes anos ou, mais precisamente, e agora que não sonho mais e que meu sonho terminou, pouco importa esta manhã.

— Nunca foi?

— Não — disse de novo que não e, na realidade, suponho que não tenha em absoluto mentido.

Dato tomou mais um gole do seu copo, olhando para o fundo de espelhos que havia atrás do balcão e neles sem dúvida viu entrar Natalia Manur, porque virou-se de imediato, dizendo-me em voz baixa e com precipitação: — (Lá vem ela.) Talvez por isso não me entenda: lidar com um casal é como lidar com uma só pessoa contraditória e desmemoriada — e deu uns passos em direção à porta do bar para se encontrar com aquela mulher que eu havia visto atormentar-se em seu sono dias antes. Esperava dubitativa no umbral, com um meio sorriso, como se hesitasse (como se a dúvida não fosse meramente de cortesia, como se *esta* fosse a dúvida) entre lamentar minha presença, que lhe impediria de fazer a narração do seu jantar a Dato, e alegrar-se com a possibilidade de conhecer um desconhecido. O acompanhante acompanhou-a até onde eu estava, encostado no bar, subitamente de pé, com meu copo de leite quente vazio já havia algum tempo.

Enquanto ensaiei meu papel de Cassio no *Otello* de Verdi, ambos ficaram quase sempre ali em frente, sentados — como os outros convidados — lá pela décima ou décima segunda fila para não interferir muito com suas presenças. Eu, cada vez que havia uma pausa e ouvia as indicações do diretor (pura formalidade, pois cada cantor acaba cantando como melhor lhe parece e ouve essas indicações como quem ouve missa), aproveitava para olhar para eles, principalmente para Natalia Manur. Eu me perguntava volta e meia como eles podiam agüentar aquelas longas e repetitivas sessões que para mim mesmo teriam sido chatíssimas, não estivessem eles ali, não estivesse ela ali. Além do mais, o papel de Cassio, apesar de importante, não é muito grande e em muitos momentos não era a mim que ouviam (aquele era em princípio o pretexto para virem), e sim ao grande porém já envelhecido Gustav Hörbiger fazendo Otello ou ao insuportável e ambicioso Volte fazendo Iago, ou ambos em seus diálogos intermináveis. Se eu tinha de permanecer em cena, indefectivelmente me desinteressava pelo que acontecia ali e olhava fascinado para aqueles

48

dois devotos de circunstância que me haviam caído do céu na cidade de Madri. Dato, a quem, era evidente, a música não interessava nem um pouco e nem mesmo agradava, parecia entretanto perenemente absorto no que acontecia no palco, inclinado na sua poltrona, com as mãos apoiadas no encosto da poltrona da frente e os olhos fixos talvez em mim: tão fixos quanto no trem ao contemplar demoradamente a paisagem ou seu próprio rosto. Natalia, mais relaxada, recostada na sua (certamente com as pernas cruzadas), acompanhava com enorme atenção nossas evoluções quando eu estava atuando no palco e com curiosidade — eu me atreveria a dizer que com mera curiosidade e nada mais — quando eu não intervinha. E quando minha presença no palco não era necessária, eu descia durante os minutos de que dispunha e sentava-me junto deles. Então Dato, quase invariavelmente, se levantava e saía, conforme dizia, para fumar um cigarro, e Natalia Manur, em minha opinião — e embora não houvesse nada de concreto que a sustentasse —, se esquecia do exímio Hörbiger, do grotesco Volte e da formosa Priés (que fazia Desdemona), tanto quanto eu mesmo. Não sei nem nunca soube se Dato aproveitava aqueles instantes em que eu emprestava minha companhia a Natalia Manur para descansar das suas obsessivas funções de acompanhante ou se, num dos seus dissimulados gestos alcoviteiros, se retirava com aquela desculpa para nos deixar a sós e para que pudéssemos ir nos acostumando um à muda respiração do outro ou aos ligeiríssimos contatos ocasionais das mangas das nossas roupas, um ao mínimo cheiro do outro. Mas, se aquilo fosse a estrita verdade, certamente devia fumar três ou quatro cigarros seguidos. Por mais que durasse minha ausência de cena, nunca voltava enquanto eu não me reunisse de novo aos meus colegas em cena: sem dúvida controlava a situação — um olho saltado e veloz colado poucos segundos na fresta —, oculto detrás das cortinas de acesso à sala, pois nunca acontecia de Natalia

Manur ficar nem meio minuto sozinha: quando eu voltava ao meu ensaio, ele, com passo apressado e mãos nas costas como se ainda escondesse nos dedos a guimba do seu cigarro infindável, voltava à sua poltrona para me dedicar, aparentemente, toda a atenção do mundo.

Aqueles dias foram extraordinários. Pela primeira vez na minha carreira operística não me senti solitário e triste numa grande cidade. Pelo contrário, em pouquíssimo tempo (talvez um par de dias) alcançamos essa disposição incrivelmente benéfica na qual duas ou três pessoas dão por tão certo que vão se encontrar cotidianamente, que a primeira pergunta do dia tem mais a ver com um 'O que vamos fazer?' do que com um 'O que você vai fazer hoje?'. Esse estado, próprio dos adolescentes e dos enamorados recentes, tem suas exigências, e uma delas, por mais contraditório que pareça com essa assunção de outro ou de outros como prolongamentos de si mesmo e portanto da sua liberdade, é o estabelecimento imediato da rotina mais férrea possível, que não deixe espaço para o desconcerto de um improviso nem permita catastróficos vazios que ponham em dúvida essa incorporação e façam pensar. Pensar, pensar. Agora que estou lhes contando este sonho e esta história, creio ter me abstido de pensar durante quatro anos. O eu que existia antes de conhecer Dato e os Manur esteve ausente ou entorpecido por tanto tempo, e até teria dito que havia morrido, se nesta manhã que avança enquanto escrevo não me parecesse estar reconhecendo-o. Nestas páginas que fui enchendo (sem ainda ter tomado meu café-da-manhã) reconheço uma voz fria e invulnerável, como a dos pessimistas, que, assim como não vêem razão alguma para viver, tampouco vêem razão alguma para se matar ou morrer, nenhuma para temer, nenhuma para aguardar, nenhuma para pensar; e no entanto não fazem mais que estas três últimas coisas: temer, aguardar, pensar, pensar sem parar. Minha cabeça era assim (fria e invulnerável, e talvez volte a sê-lo a partir de hoje) antes daquela viagem a Madri. Temia, aguardava e pensava durante meus ensaios, nos quartos de hotel, em meus passeios pelas cidades, nos trens e nos raros aviões em que me transportavam, nos vestíbulos e nos bares, ao ler partituras e estudar papéis, também (às vezes) durante as representações, lembro-me ter pensado intensamente sobre Berta e eu, e sobre como não a amava durante toda uma representação de *Turandot* em Cleveland, inclusive nos momentos em que eu intervinha e cantava com minha voz inconfundível que já começava a despontar muito, preludiando a eclosão de Nápoles, que me fez ganhar meu apelido. Pensava tanto que cheguei a fazer das minhas raras conversas, principalmente com Berta mas também com outros, um mero prolongamento verbal do meu pensamento a sós; pensava tanto naquela época que cheguei a me sentir farto de mim mesmo. Era, além do mais, um pensamento irrefletido, não guiado, flutuante, sem meta nem ponto de partida, insuportável; e já fazia algum tempo que me era totalmente insuportável — e este é não só mais um traço, porém o que caracteriza principalmente os pessimistas: não suportar o que é irremediável, ou, melhor ainda, a única coisa que é possível —, quando me dei com a salvação e com o milagre daquela inesperada convivência madrilena, que em pouco tempo, na mesma hora, não se limitou às horas que chamarei de musicais: viu-se ampliada a todas as horas do dia, ao café-da-manhã pausado e não muito cedo no restaurante do hotel, ao almoço rápido ou não tão rápido em algum restaurante próximo do Teatro de la Zarzuela, aos passeios, visitas e compras pela cidade, inclusive a vários jantares roubados ao senhor Manur, ou — caberia dizer, com maior exatidão — cedidos indiferentemente por ele. Dato, Natalia Manur e eu. Nós nos transformamos num trio inseparável, sem que o princípio de inseparabilidade, o princípio de coesão, fosse como quer que fosse visível ou enunciável, sem que o profundo atrativo que Natalia Manur exercia sobre mim, e eu sobre Natalia Manur, ainda pudesse aspirar a sê-lo. Porque o curioso daqueles dias era que o imprescindível intermediário que Dato parecia ser, na realidade — a realidade: os cafés-da-manhã, almoços, passeios, visitas, compras e jantares — era totalmente prescindível e neutro: uma presença contínua, não só dada como certa mas talvez necessária, que no entanto mal se fazia notar. Diante de Natalia Manur (ou, mais provavelmente, diante dela em minha companhia), Dato era completamente diferente de como tinha se manifestado no bar do hotel, como se — de novo a mesma dúvida — aproveitasse meu entusiasmo e minha iniciativa para dar uma trégua à sua, ou talvez mantivesse escrupulosamente seu segundo plano para me deixar brilhar, para permitir que eu me desse a conhecer. Às vezes, enquanto andávamos pelas ruas divertidas, asfixiadas e sujas, adiantava-se alguns passos ou se atrasava com o velho pretexto de amarrar o cordão do sapato ou olhar uma vitrine que não pudesse interessar nem a Natalia nem a mim (uma loja de botões, uma loja de ferragens, ou mesmo um estabelecimento para fumantes ou um boteco), mas nós tendíamos a alcançá-lo ou a esperar que ele nos alcançasse logo em seguida, como se não tanto a fluidez das nossas conversas, mas a existência de um diante do outro, a possibilidade de *nos ver* dependessem ou fossem impulsionadas pela figura miúda que nos havia unido. Sentados a uma mesa, como ocorria com tanta freqüência, ele de preferência se calava, como se na verdade fosse um séquito ou um comparsa, e mal se permitia outros comentários que não fossem sobre o vinho e os pratos. Também se encarregava (como cabe a um subalterno ou a um cavalheiro) dos garçons. Era ele que pedia ou escolhia a mesa, que nos oferecia o menu quando estávamos distraídos com nossa conversa, que, já em presença do homem que tomava nota, convidava a Natalia Manur e a mim, sempre nesta ordem, a pedir um prato, outro prato, mais tarde uma sobremesa, café. Também era ele que propunha planos e sugeria lugares com grande intuição e acerto, evidentemente acostumado a forçar a imaginação no cumprimento das suas obrigações mais práticas. O que não fazia, contudo, era pagar o que consumíamos. Costumava ser eu, mas nas poucas vezes que Natalia Manur insistiu, suponho, em demonstrar-me assim seu agradecimento e não fui eu portanto, não pude deixar de observar que ela punha o dinheiro na bandejinha com a conta e Dato, depois de decidir a quantia a dar de gorjeta, recolhia e guardava o troco em sua carteira com a maior naturalidade e sem que Natalia Manur se espantasse ou nem mesmo parecesse perceber. Naqueles dois gestos, o da mão estendida e nodosa que colocava as notas na mesa e o daquela outra mão mínima e ávida que os retirava, acreditei ver, naquelas duas ou três ocasiões (talvez tenham sido mais), o sinal de uma transação maior, a forma emblemática com que as relações mais secretas e inconfessáveis necessitam compensar seu sigilo e manifestar-se de vez em quando. Natalia Manur, pensei, comprava ou pelo menos mantinha indecisa a fidelidade de Dato pagando-lhe somas consideráveis de seu próprio pecúlio; mas nesse pagamento estipulado, periódico, o maior contato entre ambos devia ser o de uma assinatura mensal, talvez nem tanto. A relação mercantil podia estar tão estabelecida — uma pontual transferência despersonalizada pelo costume — que até se chegava a esquecer, e a recordação desse vínculo podia perfeitamente consistir naqueles dois gestos, através dos quais, por um instante, Dato se transformava no *desejado* e Natalia Manur na *desejante*, ela na condicionada e ele no condicionante. Sim, era sem dúvida um sinal, quem sabe se combinado, quem sabe se exigido por Dato: a exibição, momentânea mas repetida, descarada mas contestável, da verdadeira índole do seu trato. Não dava para se entender de outro modo a rapina de uns poucos milhares de pesetas (no máximo) que aquele homem efetuava após a mediação indiferente de uma mão de garçom. Mas são essas ações e são esses detalhes, às vezes muito mais imperceptíveis e insignificantes, às vezes de caráter contraditório com o que descobrem, às vezes deliberados e às vezes involuntários, que sempre nos permitem conhecer, sem provas, o viés da relação entre duas pessoas, como o cumprimento breve e cortante, as mãos que não sabem como se apertar (habituadas a outros contatos que não são civis), o cruzar de olhares excessivamente opacos (dolorosamente censurados) entre dois namorados ilícitos que se encontram numa festa acompanhados dos seus respectivos cônjuges; como a afabilidade e a solicitude medrosas (uma mão que não se atreve a pressionar com afeto mas que pousa de forma tênue no braço ao ceder a passagem, um sorriso fora de hora que lamenta ao mesmo tempo que assume a irrecuperabilidade da confiança ou a impossibilidade de remediar o estrago) com que você trata aquele a quem sem animosidade você causou dano; como as mãos que de repente se fecham, a hesitação dos passos e a imediata determinação com que avançam, depois de se avistar na rua, que se odeiam ou que não se esquecem nunca; como o dedo indicador de Manur, levantado e imóvel durante uns segundos antes de me dar a mão no dia em que nos cruzamos e Dato, sempre senhor das situações, houve por bem nos apresentar: foi um dedo indicador de advertência que Manur tentou fazer passar por um momento de inverossímil ponderação sobre meu nome, que conhecia, disse, por tê-lo visto impresso uma ou duas vezes ('Nunca me esqueço de um nome que tenha caído sob os meus olhos', disse, 'o que não significa, é claro, que me lembre quem é esse nome, só me lembro do fato de tê-lo visto.'), não sabia agora se em resenhas de espetáculos de ópera, em discos ou até — e então significaria que havia assistido a uma das minhas apresentações ('Em compensação quase nenhum rosto me diz nada; além do mais, vocês ficam irreconhecíveis, de tão produzidos', disse) — no programa de algum espetáculo. Foi um indicador que era um gesto de clara ameaça, dissimulado apenas por sua fugacidade; mas as ameaças nunca deixam de ser entendidas pelos ameaçados, principalmente se (como foi meu caso), ao percebê-las, se dão conta de que estão ameaçando o ameaçante.

Nós três entrávamos e ele se dispunha a sair do hotel, mas decidiu dar meia-volta e nos propôs tomar um aperitivo em sua companhia num dos salões ('Tenho vinte minutos justos antes do almoço', disse. Ele havia tirado o chapéu fedora. Consultou o relógio). Falava um espanhol irritantemente perfeito, quase sem sombra de sotaque e sem erros sintáticos nem gramaticais (talvez utilizasse o 'eu' em excesso). De vez em quando titubeava ante uma palavra, buscando confirmação, mas dava a impressão de ser tão-só essa forma infantil de coquetismo que realçava a dificuldade do alcançado e de que se valem com freqüência os que desde o início estão dispostos a botar banca. Não traduzia da sua língua ou das suas línguas ('Sou flamengo, aprendi francês como aprendi espanhol, embora muito mais moço, claro; estou acostumado a aprender', disse. Com um olhar recusou um dos meus cigarros, pegou um dele), pensava na minha com tanta ou mais rapidez do que eu. Era pedante, correto, sentencioso — talvez sem querer. Sentou-se num sofá, ao lado da mulher, e eu fiquei — inseguro e rígido, desejando que os vinte minutos fossem de fato justos — numa poltrona ao lado dele. Enquanto se dirigia principalmente a mim por minha condição de novidade (como se faz com os forasteiros, embora o estrangeiro fosse ele), acariciava com a mão direita a esquerda de Natalia Manur. Juntos e daquele jeito (como era possível que eu não houvesse compreendido no mesmo instante no trem, pensei durante aqueles vinte minutos que de fato foram justos, e pensei também insistentemente em meu sonho desta manhã) saltava aos olhos que estavam casados, e desde muito tempo. Manur, o banqueiro belga, era um desses sujeitos, tão abundantes entre a gente que me contrata (isto é, entre os empresários), que dissimulam sua frieza intrínseca com um acabado conhecimento dos detalhes formais que transformam um indivíduo soberbo e árido em atento e sedutor. Não era só porque lhe ocorria pedir o drinque ligeiramente rebuscado que os outros também elegerão ('Que boa idéia', deixou escapar — creio — Natalia Manur), nem que seus movimentos denotassem a atividade absorvente da qual saía e que o aguardava, ao mesmo tempo que a despreocupação que havia resolvido conceder àqueles vinte minutos justos, nem que variasse a medida do seu sorriso, milimetricamente calculada, conforme brindasse com ele a Dato (a medida justa para ser cortês e magnânimo, a medida justa para sublinhar a posição dele, Dato), a Natalia Manur (a medida justa para ser ardoroso e dominador, a medida justa para sublinhar a posição dela) ou a mim mesmo (a medida justa para ser admirado, desconfiado e paterno, a medida justa para sublinhar minha posição de bufão). Era sobretudo sua destreza para dar importância ao que se mencionava em sua presença e ocorria ao seu redor ('Como serve mal esse garçom, deveria saber que não se pegam os copos pela metade de cima', disse. 'O senhor está usando uma gravata muito ousada, Dato, diga-me onde a comprou', disse. Espetou uma azeitona sem caroço e comeu-a. 'Pode não parecer, mas já chegou a hora de trocar a forração destes sofás: veja, daqui a um mês ou dois apresentarão aqueles pontos brilhantes de desgaste', disse. 'A voz humana é o instrumento musical mais extraordinário e mais complexo; aquele em que, ao contrário do que se crê, importa menos a qualidade da sua construção e mais a inteligência — inteligência musical, entenda-se — de quem o faz soar', disse. Lançou um olhar fugidio para as unhas da mão), revelando com isso que lhe custava muito dar verdadeira importância ao que quer que fosse. Era possível, pensei, que só desse importância a Natalia Manur, porque nem a ela, nem a como estava vestida, nem à sua delicada e fulgurante cor daquele dia, nem à sua expressão que tinha se melancolizado mais que de costume mal divisara Manur no vestíbulo, fez ele a menor referência durante os vinte minutos justos que nos dispensou. Limitava-se (mas defini-lo como limitação não sei se é uma tentativa de atenuação ou uma simples inexatidão) a olhar para ela de vez em quando com desagradável incondicionalidade e a acariciar sua mão suavemente, com perseverança, ainda mais possessivamente por fazê-lo sem ostentação; e ela, integrada na conversa divagante, sem mais alterações sofridas que a que acabo de citar, mal viu entrar pela porta e avançar a robusta figura coroada por aquele fedor inequivocamente espanhol, deixava-se tocar pelo banqueiro belga de feições agrestes e modos estudados (um potentado, um ambicioso, um político, um explorador) durante vinte minutos justos. Ao longo de cinco ou seis dias, Natalia Manur, não obstante o sobrenome de casada com o qual a conheci e com o qual sempre a identificarei, havia sido *minha* acompanhante, que por sua vez levava consigo seu acompanhante inócuo, o diligente, indispensável e oloroso Dato. E agora, de repente, sem que entre nós se houvesse produzido qualquer contratempo, sem que a subentendida promessa ou invento que íamos sendo houvesse sofrido qualquer desmentido, ou qualquer deterioração, ou sem que qualquer sombra de não-cumprimento a houvesse encoberto, sem que nem mesmo houvéssemos trocado de cidade ou de hotel, eu a via deixar-se tocar por um sujeito de bigode, careca, autoritário e encantador que, como ela, se chamava Manur. A existência de Manur havia sido até então apenas um dado, tão assimilado quanto arquivado; ou, se quiserem, havia sido também um rosto, tão interpretado quanto esquecido. Lembro-me que, quando nos despedimos, os quatro de pé, Manur beijou sua mulher nas comissuras dos lábios, lançou um olhar oblíquo para o seu secretário e apertou minha mão, pela segunda vez, com pouca cordialidade. Depois voltou a erguer o indicador ameaçador e repetiu meu nome, como se anunciasse que a partir de agora sabia muito bem quem eu era ('Vou me lembrar do senhor quando for à ópera da próxima vez', disse. 'Mesmo se for daqui a vários anos: a verdade é que não me sobra muito tempo livre.' Pôs o fedora. Consultou o relógio).

Essa foi a segunda vez das únicas três ocasiões em que vi Manur, embora pouco depois tenha passado a ocupar seu lugar e a partir de então não tenha parado de vê-lo em sonhos, como sempre ocorre com a gente nos casos de superação. Também foi aquele dedo indicador, ereto e um pouco gordo, que me fez ver que eu desejava acima de todas as coisas aniquilar aquele homem e continuar vendo diariamente Natalia Manur: não só em Madri, não só com Dato, não só enquanto ensaiava o *Otello* de Verdi no Teatro de la Zarzuela da minha antiga cidade.

Faz quatro anos que não penso. Entendam: que não penso em mim, na realidade a única atividade mental a que antes destes anos eu costumava me entregar. Pensava preferencialmente em mim à noite, antes de me virar, já na cama, e dar assim com as costas de Berta ou de ninguém, conforme estivesse em casa ou em viagem, no quarto de um hotel de luxo. Quando estava em casa, a última coisa que via antes de adormecer era a parede, porque Berta preferia dormir olhando para a janela e eu, embora preferisse a mesma coisa que ela, sempre cedia nessas ocasiões em que, de uma coisa, *só há uma*. Meu caráter consistia em ceder, em boa medida consistia e ainda consiste. Eu só soube me negar às coisas ou lutar por elas com o pensamento e, ultimamente, como digo, nem sequer penso. Por isso talvez seja melhor que eu esteja sozinho, para que não haja a possibilidade de não me negar diante de ninguém nem de não lutar com ninguém. No entanto, junto de mim quase sempre houve alguém, e um dos meus últimos pensamentos antes de fechar os olhos era que ninguém, nem mesmo Berta, que jazia ao meu lado, velaria *de verdade* meu sono e que

59

durante esse prolongado estado de imprevidência e esquecimento estaria perdido se acontecesse algo de ruim comigo. Não é que Berta não cuidasse de mim (ela me dava boa noite e um beijo de despedida), mas estava incapacitada para me compreender no meu sono ou para compreender meu sono. É aterrador como as pessoas são abandonadas, com toda a naturalidade e com a consciência absolutamente tranqüila dos outros, por longuíssimas e venturosas horas em que se dá por certo que não necessitam de nada *porque* dormem, como se o dormir fosse de fato aquilo que tantos literatos gostavam de dizer: uma suspensão das necessidades vitais, a analogia mais próxima da morte. As pessoas às vezes se esforçam para compreender-se umas às outras, embora ninguém na realidade tenha a possibilidade de compreender o que quer que seja — isto é, para ver a totalidade — do que existe e do que não existe. Mas pelo menos fingem se esforçar, durante o dia. Em compensação, ninguém se preocupa, ninguém se dá ao menor trabalho para compreender nosso sono que, embora na minha língua pareça ser a mesma coisa, não é a mesma coisa que nossos sonhos (ambos são *sueño*), para os quais já se deram demasiadas explicações. Em todo caso Berta nem sequer havia parado para considerar a idéia de que nosso espírito e nosso corpo continuam sendo os mesmos no meio da esfera noturna, mas que para ela — vi isso claramente desde a primeira noite que passamos juntos — toda a minha pessoa terminava ou se interrompia, deixava de existir, se anulava, no momento em que nós dois dormíamos, principalmente no momento em que ela dormia; enquanto eu, consciente de que Berta requereria tanta atenção e cuidados adormecida como acordada, esperava demoradamente com os olhos abertos, pensando vagamente em mim e olhando para aquela parede em que só havia pendurado um calendário italiano (febbraio, maggio, luglio), para assumir na medida das minhas possibilidades seu espírito e seu corpo adormecidos, e tentava

acostumar-me à idéia de que com meu próprio pensamento adormecido devia compreender o sono *dela*, isto é, compreendê-la
adormecida. Às vezes, por esse motivo, continuava acordado durante duas ou três horas, velando Berta. O quarto da nossa casa em
Barcelona em que eu pensava e velava ou dormia era pequeno,
porque, como ouvi tantos casais dizerem, é uma pena desperdiçar
o espaço de um apartamento nos dormitórios, onde só é preciso
caber a cama. Eu não era na época tão famoso quanto sou agora,
não ganhava tanto dinheiro, a casa também era pequena, em todo
caso em comparação com aquela em que moro hoje. Agora o
quarto também não é pequeno, nem tenho diante de mim, ao
adormecer, uma parede, porque há janelas em três das suas quatro paredes. Tem muita luz e sobra espaço. Durmo numa cama
mais ampla, numa cama descomunal, com quatro enormes pés
que são patas de leão talhadas na madeira. Agora sou o Leão de
Nápoles, por mais ridículo que seja eu a dizê-lo, sobretudo quando não sei mais se esse apelido me lisonjeia ou me ofende. E,
enquanto eu me tornei o célebre Leão de Nápoles, Berta está morta e se tornou nada. Há umas três semanas escreveu-me um homem que não conheço e que, conforme explicava na sua carta
(uma letra nauseante, caprichada e torcida), tinha se casado e vivido com ela (isto é, havia feito praticamente o mesmo que eu fiz de
cinco a quatro anos atrás) por dezoito meses, que acabaram sendo
os últimos dezoito meses da vida de Berta. Ele supunha que me
interessaria saber que aquela pessoa já não existia. Na realidade o
que ele me dava era só uma informação (ele se abstinha de
comentar seu estado de espírito, seu desespero ou seu alívio), o
que agradeci, pois desse modo a morte de Berta — apenas dados,
detalhados mas desapaixonados — fica parecendo um pouco
como as que se mostram na televisão ou se relatam nos jornais e
assim, embora eu saiba que seja verdadeira, posso permitir-me
não compreendê-la. Viviam, contava-me esse homem que não

conheço e cujo nome nem me lembro mais (mas começava com N, Noriega, ou Navarro, ou Noguer), numa dessas casas de Barcelona que lá chamamos de *torres*, de dois ou três andares, e que se encontram principalmente na parte alta da cidade. Berta, um dia qualquer ('um dia não assinalado por nada, exatamente onze dias atrás'), tinha caído da escada 'ao descer carregada de livros seus, que ela ainda conservava da época da sua união', e a queda tinha sido tão dura e tão espetacular que havia vomitado sangue, 'mal levantou'. Um médico amigo ou vizinho, ao que tudo indica um incompetente, não havia conseguido estabelecer a relação, mas lhes disse para não se preocuparem muito e, depois de cuidar de alguns hematomas leves que Berta havia sofrido nos braços e nas pernas, limitou-se a recomendar que ficasse de repouso um dia ou dois, para ver como evoluía e se a comoção passava. De fato, Berta não parece ter sofrido mais que contusões sem maior importância, além do susto momentâneo do tombo e da visão do sangue que lhe saiu da boca como uma labareda e manchou três ou quatro degraus e que, alarmada, só havia podido limpar na manhã seguinte, quando já estava seco e escuro, e meus livros também não haviam sido recolhidos então nem postos verdadeiramente em ordem 'até hoje mesmo'. Berta logo se recuperou e voltou aos seus afazeres normais, mas no nono dia do tombo, que foi apenas dois dias antes de aquele homem, Noriega, sentar-se para me escrever a carta, não amanheceu. Quando o marido acordou ('às sete e meia, para ir trabalhar', mas não especificou que trabalho era), viu-a encolhida na cama, com a camisola feito um fole, descoberta até as coxas, virada para ele e morta, com um borrão de sangue meio coagulado que ainda escorria um pouco — cada minuto que passava um pouco mais lentamente — dos lábios semicerrados e empalidecidos. O marido, Navarro, não dava maiores explicações, como se as causas médicas não lhe importassem mais ou não devessem importar a mim. Tampouco se enfurecia com o médico negligente nem consigo mesmo. 'Hoje a enterrei', dizia no singular, como se houvesse feito aquilo sozinho e com suas próprias mãos, e Berta fosse um animal doméstico. 'Pensei que gostaria de saber.' As coisas que uma pessoa sabe é impossível saber se ela gostaria de saber, pois já as sabe. Não sei se gostaria de saber se Berta tinha morrido; agora sei e basta, e se sonho com ela já não é uma figuração nem uma alegoria, mas uma repetição do que aconteceu. Com aquelas palavras concluía-se a carta de Noguer, se bem que acrescentasse um *post scriptum* no qual me perguntava se desejava reaver aqueles meus livros que Berta carregava quando rolou escada abaixo; e meticulosamente, numa folha à parte, incluía a relação, uns cinqüenta títulos dos quais só reconheci ter possuído três, quatro ou cinco: *A queda de Constantinopla, Comentários reais, Wagner Nights, Nossos antepassados, Pnin*. Assim, sem menção dos autores, apareciam os títulos na lista anexa de Noriega. Era evidente que aquele homem devia ter ouvido falar muito de mim para se decidir a me escrever sem me conhecer, o que significava que, enquanto eu não havia pensado em Berta (nem, na verdade, tampouco em mim mesmo) nos últimos quatro anos, até o extremo de não gostar nem de me lembrar que havia chegado a viver com ela, nos últimos dezoito meses da sua vida e únicos de casada, tinha necessariamente de ter pensado em mim o bastante para ter falado de mim a seu marido, Navarro, o bastante para que ele, no mesmo dia em que a enterrou, me escrevesse dando-me toda aquela informação não solicitada e que de maneira nenhuma me era devida após tantos anos de total silêncio e desinteresse de minha parte. A notícia, no entanto, deve ter me afetado, senão Berta não teria aparecido no meu sonho desta manhã. E embora eu não tenha retido na memória o nome exato de Noguer, em compensação tinham ficado gravados fragmentos da sua carta, que reli várias vezes faz duas semanas, ao recebê-la, procurando imaginar o que não me era relatado. Não posso deixar de pensar que essa morte sigilosa de Berta, ocorrida sem testemunhas e sem aviso, e justamente durante o sono, jamais poderia ter ocorrido enquanto vivia comigo. Só há uma coisa mais solitária do que morrer sem ninguém ficar sabendo, é morrer sem saber o que está acontecendo, sem que quem morre saiba da sua própria dissolução e fim, como talvez tenha acontecido com Berta. Não há dúvida de que Noriega era um marido desatento que não vigiava o sono dela com tanta constância e tão alerta quanto eu fazia, e nesse sentido é tão culpado, pelo menos, quanto tentou fazer-me sentir ao mencionar duas vezes os livros que eu deixei despreocupadamente e sem má-fé há muito tempo em outra casa de Barcelona, que Berta compartilhou comigo e que — assim devo entender — foram os responsáveis pelo seu tombo. Eu nunca mais havia parado para pensar nesses livros, que estavam destinados a ocupar um milímetro do ingente acúmulo dos meus esquecimentos e que, no entanto, descubro agora que continuaram levando, sem meu conhecimento nem minha suposição, uma existência própria 'até hoje mesmo', foram a causa indireta da morte de uma pessoa que sei que me foi muito próxima e, o que é mais surpreendente ainda, continuaram sendo *meus*, tanto que Navarro se oferece a devolvê-los a mim. Por que Berta não se desfez deles, mas levou-os consigo, quando se mudou a fim de iniciar uma nova vida, para a torre onde encontrou a morte 'um dia não assinalado por nada'? Por que não se apropriou deles e misturou-os com os seus e os de Noguer, seu marido, como fazem os casais com os despojos de suas vidas de solteiro? Acaso eram — são — tão inequivocamente meus? Mal os reconheço. E aonde se propunha descê-los naquele dia qualquer? Quem sabe a um porão malcheiroso, decrépito e freqüentado por algum rato, a fim de largá-los num canto como prova de que o mal que devo ter lhe causado por fim havia passado de todo? Ou ia abandoná-los talvez na ladeira, ao lado das latas de lixo de uma vizinhança desconhecida para que fossem logo, naquele dia qualquer, finalmente triturados sem deixar vestígio junto com os sacos plásticos arrebentando de restos, cascas e embalagens de remédios, depois de terem permanecido durante anos guardados à parte e distintamente como relíquias? Ou estaria, pelo contrário, resgatando-os de um sótão empoeirado e caliginoso num dia assinalado tão-somente pela saudade inconfessável e pungente da sua vida comigo, perdida há quatro anos? É Noriega quem diz que aquele dia foi um dia qualquer. Terei eu estado presente na vida ignorada de Berta Viella até o último instante? Qual seria seu sonho quando veio a morte? E como será Navarro, como será um eleito que fala de 'uniões' e a cujo lado adormecido sua eleita pode expirar cuspindo sangue entre pesadelos e com meio corpo ('até as coxas') à intempérie de um quarto quem sabe se espaçoso ou apertado, se sórdido ou acolhedor, se transparente ou brumoso, quem sabe se bem aquecido ou se úmido e frio, como é toda a cidade de Barcelona? Má cidade para se morrer. Pergunto-me se esse cômodo teria mais de uma janela e se, caso não a tivesse, Noguer seria complacente o bastante para ceder a Berta o lado da cama que desse para esta. Eu teria de escrever a Noriega para saber de tudo isso, mas não me pareceu, em sua carta, pessoa compreensiva nem estimável. Eu teria acordado naquela noite adivinhando a morte com meu pensamento adormecido, e então eu a teria acordado para que não morresse tão angustiadamente, para que não morresse somente sonhando.

Mas na verdade custa-me grande esforço recordar Berta, recordar que vivi com ela e que dormia com ela tal como Navarro, e que ela sempre procurava me esperar em casa quando eu voltava de uma das minhas viagens operísticas para que não me assaltasse a mesma sensação desgraçada — de chegar a um lugar em que ninguém me conhecia ou me aguardava — que tinha em cada cidade visitada no momento de entrar no quarto de hotel que me houvessem reservado. Custa-me indescritivelmente rememorar seu caráter festivo e seus olhos diáfanos, o tato precipitado das suas mãos e as cores mal combinadas das suas roupas, seu riso fácil, seu cheiro infantil, seu falar preguiçoso, suas costas impávidas viradas durante minhas horas de insônia. O fato de estar morta não lhe acrescenta nada, antes lhe subtrai: não só não é mais nada na minha imaginação, na minha vida, mas não é nada tampouco na *sua* imaginação, no *seu* pensamento, na *sua* vida. Nem mesmo tem vida. De agora em diante, se isso é possível, crescerá no meu esquecimento.

Como é possível aniquilar e superar um homem que você não conhece, do qual você pouco sabe e com o qual não tem relação alguma? Era essa a pergunta que, ao começar a última semana da minha estada em Madri, me atormentou e chegou a me obcecar, o que também fez por vários minutos (minutos de sonho, minutos tão longos) em meu sonho desta manhã. Foram os dias mais atarefados, mais complicados e em que dispus de menos tempo, os dos últimos ensaios para a estréia do *Otello* de Verdi no Teatro de la Zarzuela e quando tudo esteve a ponto de ir por água abaixo: o endeusado e vetusto Hörbiger, Otello, anunciou dois dias antes, tão repentina quanto tardiamente, que tinha total incompatibilidade e não podia cantar com Volte, que o atrapalhava no palco de propósito para desprestigiá-lo e encobri-lo; o intragável e insaciável Volte, Iago, ameaçou com uma inexplicável perda de voz que o tempo todo reputei falsa: uma represália sem imaginação, a mais clássica entre os cantores; e a bela e aloprada Priés, Desdemona, começou a descuidar da sua pronúncia e a balbuciar excessivamente as palavras do texto, e fez o ensaio geral atrasar duas horas, entretida que estava numa galanteria tempestuosa com o medíocre e mal-apessoado primeiro violino (espanhol) da orquestra, que também se ausentou do seu posto (ambos separados por um intervalo de um minuto, com os cabelos desgrenhados e a saliva nos lábios, ela abotoando o figurino e ainda mostrando o peito, ele com a gravata-borboleta em frangalhos). O regente quebrava batutas naqueles dias e brigava com todo mundo: num momento em que todos nós, divos e divas, desaparecemos da sala, indignados por motivos díspares, e ele ficou sem oponentes, insultou bestialmente o pacífico pessoal do teatro, que deu o troco marcando uma greve para as datas das apresentações. Tudo levava a pressagiar uma suspensão ou um desastre. Eu próprio, Cassio, reduzi meu sacrossanto estudo cotidiano pela primeira vez na minha memória e também estive pouco atento ao meu papel, estranhamente cativado pelo do outro tenor — o Heldentenor ou tenor heróico, o *tenore di forza*, Otello, Hörbiger — e distraído pelo início do meu sofrimento imprevisto.

Depois de conhecer Manur e descobrir sua força, eu me dei conta de que aquela temporada extraordinária era breve e chegava ao fim pouco depois de iniciada, e de que ao se encerrar eu deveria voltar para o indesejado lado de Berta para depois continuar me perdendo indefinidamente em outros quartos de hotel e continuar me dissipando em outras cidades e em outras viagens sem verdadeiro ponto de referência, longe de Natalia (que eu já não via todos os dias, que talvez nunca mais visse), enquanto Manur e Dato voltariam para a Bélgica, para a sua vida de sempre que, na realidade — percebi —, eu ignorava completamente. Eu ainda não sabia nada de substantivo de Hieronimo Manur, o banqueiro de Flandres, porém o mais assombroso — também percebi — era que também não sabia nada substantivo de Natalia Manur, sua esposa há lustros e minha acompanhante há sete dias. (Talvez por isso não lhes tenha contado nada sobre ela, do que depois vim a saber e soube.) Em nossas longas conversas — sempre com o imperturbável e taciturno Dato como testemunha — havíamos falado de muitíssimas coisas mas nunca dela, quer dizer, nunca da sua história, ou passado, ou vida. Tive a oportunidade de observar com minúcia e paixão crescente (mas irrefletida) sua pessoa inteira: seus gestos pausados (como se, ao se mover, o espaço se fizesse mais denso e opusesse mais resistência), suas expressões faciais já tão pouco espanholas (desprovidas de cólera e de displicência), sua voz tão aflitiva e grave que às vezes parecia sair de uma fumaceira, seus dilatados silêncios que pareciam ausências antes de responder às perguntas súbitas que mudavam o assunto, seus olhos líquidos e sonhadores, seu andar interminável de compridas pernas, sua fisionomia perpetuamente nebulosa ou dissolvida em melancolia, e também seu riso ocasional que deixava descoberta uma dentadura perfeita, alvíssima e grande: um riso africano. Também pude constatar seus gostos: os gastronômicos, nos numerosos almoços e jantares que havíamos compartilhado e em alguma confeitaria; os indumentários, ao acompanhá-la às compras uma ou outra vez e vê-la tocar os tecidos com dedos sagazes, aparecer e desaparecer insistentemente nos provadores, enquanto Dato e eu aguardávamos seus ditames fazendo como se opinássemos; os de colecionadora, num leilão importante realizado durante aqueles dias e no qual ela — por meio da mão fina e fantasmal de Dato, que se erguia como um estilete ao compasso dos desejos dela — saiu com dois quadros (um Díaz de la Peña e um Paret pequenino), a edição do centenário de Flaubert completa e um formoso canivete para aparar penas desenhado por Ravilious, com lâmina de nácar e cabo de prata, e cujo tamanho quase o transformava numa adaga furta-cor. Mas desconhecia tudo sobre a sua história, ou passado, ou vida, fora do pouquíssimo que a ensimesmada e fragmentária queixa de Dato me havia permitido entender na primeira e única oportunidade que havia tido de conversar a sós com ele (prematura demais para que a minha curiosidade soubesse como dirigir as perguntas) e dos comentários entusiastas que, de passagem e dispersos, Natalia Manur dedicava ao irmão recentemente emigrado para a América, Roberto Monte. (Parecia estimá-lo tanto, por certo, que em mais de uma ocasião me perguntei se eu não estaria me limitando, sem saber, a substituí-lo para Natalia na cidade de Madri; pois mal tínhamos nos perdido de vista um minuto do dia desde que nos conhecemos, como, segundo Dato, costumavam fazer ela e Monte quando se juntavam; e, inclusive, tal como seu irmão — pensei —, eu havia lhe apresentado algumas pessoas voláteis que não tornariam a vê-la sem mim, se bem que não eram madrilenas e eram tão-somente o declinante Hörbiger, o posudo Volte, a irresponsável Priés e o belicoso regente da orquestra.) Ainda não sabia, portanto, após uma semana de incondicional presença, quais eram os males de Natalia Manur que Dato dizia conhecer de cor e salteado, nem por que era um contra-senso que não tivesse — segundo ele — amantes, nem o motivo do seu descontentamento profundo e irremediável, nem a razão por que Manur e ela levavam vidas diurnas tão separadas quando as aparências indicavam que levavam algum tipo de vida comum noturna, já que todas as noites nosso trio se despedia no elevador do hotel, cada qual a caminho do seu quarto de luxo, e no deles Natalia e Manur tinham de dormir juntos. Talvez os olhos cor de conhaque do banqueiro de Flandres se abrissem instantaneamente ao ouvir o ruído da chave na fechadura, ou antes até, ao pressentir em seu meio-sono de espera os passos mínimos da esposa no corredor acarpetado; talvez Manur, em inverossímil pijama de seda verde (a mesma cor do seu incrível chapéu fedora tão transatlântico), visse como Natalia deixava o casaco e a bolsa numa poltrona, ia ao banheiro e, de volta ao quarto, se despia para entrar na cama de casal. Talvez a recebesse aí com palavras cálidas e braços abertos, ou talvez a recriminasse com palavras ásperas por sua demora, ou talvez não se falassem em absoluto e se limitassem a deitar-se durante oito horas apagadas da memória diurna numa mesma cama, sem se olhar, sem se tocar, sem nem mesmo roçar-se no sono, dois corpos juntos noite após noite e mutuamente esquecidos havia anos. Ou pode ser que os olhos cor de conhaque, pouco mais claros e fulgurantes mas (com certeza) da mesma forma (exata) que os dela, aguardassem acordados (ofendidos, irascíveis, impacientes), repassando balanços, operações e cotações, ou quem sabe lendo algum romance rápido, quem sabe ajudados por um par de óculos que a idade lhes haveria imposto. Como Natalia Manur entraria no quarto de luxo? Às escuras, com os elegantes sapatos Della Valle ou Prada pendurados em dois dos seus dedos nodosos e compridos para não interromper o descanso do banqueiro exausto, ou quem sabe para evitar perguntas? Ou será que faria todo o barulho do mundo (atirando com dois pontapés os sapatos contra um armário) e acenderia cem luzes para desfrutar da visão negada o dia inteiro, a do marido ausente, amado e esperado, cuja falta teria tentado mitigar palidamente com a companhia exaltada de um cantor de ópera bem fornido, falante e amável? 'Olá', dirá ela talvez. Ele já estará deitado, com os hipotéticos óculos postos, que mascaram seus traços plebeus e suavizam seu olhar ferino. 'Como foi o dia? Tudo bem? Os negócios caminham?' Manur baixa os óculos sem chegar ainda a tirá-los e, olhando por cima das lentes com seus olhos acostumados a ser mimados pelas coisas do mundo, não responde imediatamente. Parece mais velho com os óculos na ponta do nariz, mas pode ser que os tenha posto no alto da testa, como um aviador, e isso, ao contrário, o rejuvenesça. Natalia não insiste, suas perguntas eram seguramente mecânicas. Com naturalidade (como quem está em casa, a sós ou diante do marido da vida inteira), vai ao banheiro, acende a luz e começa a tirar a maquiagem da noite. Usa algodão. Manur continua metido em seus documentos ou, no máximo, aproveita para perfumar-se um pouco (um frasco de água-de-colônia na gaveta da mesinha-de- cabeceira) e alisar os escassos cabelos que não dignificam sua calva que foi prematura. (Um homem vaidoso, inclusive com sua própria esposa.) Natalia escova os dentes com a porta aberta, depois a fecha por alguns segundos. Manur aguça o ouvido, procura perceber a queda do líquido sobre o outro líquido. Ou talvez, contrariando seus desejos, não consegue perceber. Pôs seus papéis de lado, demonstrando com isso que não havia urgência em examiná-los, que estava apenas matando tempo até Natalia se apresentar. Espera. Espera. Natalia reaparece, apaga a luz do banheiro e começa a se despir com desenvoltura, como se não houvesse nenhuma testemunha (mas não sei se as luzes estão acesas ou estão apagadas, ou se fica apenas o abajur de cabeceira à cuja luz Manur estudava), pois na realidade é quase como se não houvesse mesmo: que pode significar para Manur a esta altura ver como ela vai tirando a blusa, a saia, até as meias escuras (e sem costura)? E o que pode significar para Natalia que Manur veja tudo? Natalia Manur já está de roupa íntima — uma peça ou duas peças, isso ainda não sei dizer — e se olha brevemente no espelho de corpo inteiro que há em frente à cama de casal. É uma olhada fugaz, não dura mais que uns instantes que são provavelmente de penumbra. Talvez já não seja jovem. Sua figura continuaria sendo muito atraente e muito desejável para qualquer homem que pudesse vê-la, ou continua sendo para os que a vêem, mas ela nota as perdas: uma ligeira flacidez geral; os peitos não tão empinados quanto aos vinte anos (embora não passaria pela cabeça de ninguém usar a expressão 'tem peitos caídos', e sim 'bem no lugar'); a barriga plana e duríssima anuncia (mas somente para ela) que logo poderia não ser tanto assim; as pernas que foram sobrenaturais ainda são perfeitas — esbeltas e retas —, mas começam a parecer mortais. Talvez Manur também note as perdas. A visão que Natalia hoje tem já é conhecida, as mudanças não são percebidas diariamente, mas, inexplicável e injustamente, num dia que em nada se distingue do anterior nem do próximo, algo se alterou, e a alteração permanece. Nunca se sabe se o defeito que enfeia, a irreversível ruga, seu aprofundamento, a mancha na mão, o engrossamento do pescoço, o sinal vertical sobre o lábio, a gordura, a palidez, a marca apareceram nesse dia efetivamente, ou vai ver que nesse dia a própria vista está mais penetrante, ou tem coragem suficiente, ou quem sabe resolva arbitrariamente reparar nisso. Hoje não há nada de novo, nenhuma marca que ontem tenha passado despercebida, se bem que o escrutínio haja sido sumaríssimo, uma olhada, nada. É tarde, Manur está mal-humorado. É melhor abreviar os prolegômenos do sono e tratar de se instalar velozmente nele, no qual continuaremos a salvo durante pelo menos oito horas, talvez durante vinte e quatro, com sorte. Natalia Manur tira a roupa íntima — uma só peça, seguramente — e por um momento fica nua no meio do quarto de luxo, enquanto os olhos cor de conhaque, tão agudos, inspecionam relampejantes o corpo nítido sem vestimentas, visto de perfil tão-só, em postura pouco favorecedora e em movimento. Ela não suporta que nada, salvo os lençóis, lhe cubra as pernas durante a noite, de modo que põe a parte de cima de um pijama e dormirá de calcinha, talvez não tenha chegado a tirá-la (tirou sim; terá trocado, será nova a da noite e do sono, além do mais convimos que sua roupa íntima era de uma só peça, um body, logo a calcinha teve de sair de uma gaveta e ela a vestiu). Mete-se na cama e dali apaga a luz da entrada. Resta o abajur da mesa-de-cabeceira que Manur mantinha aceso. Manur finalmente fala: 'O que você fez hoje? Saiu de novo com aquele cantor? Que sujeitinho. Não fui com a cara dele'. 'Ele me distrai', responde Natalia, 'o que você nunca faz.' 'E até que ponto chega essa distração?', pergunta Manur sem mudar de tom, desdenhoso, porém mais para o neutro. Natalia Manur não responde, vira-se na cama, como quem se dispõe a dormir já, como fazia Berta quando vivia comigo depois de nos darmos boa-noite. 'Até que ponto chega essa distração?', insiste Manur (tirou totalmente os óculos, agora sua expressão é tão pungente como a que vi no trem). 'Até o ponto de não desejar abandonar sua companhia até este exato instante.' Manur não deseja discutir, só saber. 'Onde estiveram?' 'Quero dormir, agora.' 'Antes me diga.' 'Como todos estes dias: no ensaio da ópera quase todo o tempo, a estréia já está aí.' 'Como ele canta?' 'Acho que muito bem, dos intérpretes é o que mais me agrada; e agora quero dormir.' Manur torna a pôr os óculos, seu olhar moderado: não se atreve ou não quer mais perguntar nada, embora na resposta de Natalia restem muitas horas sem explicação, na verdade não há nenhuma explicação. Mas para Manur não tem importância, sabe por Dato o que fazemos ou deixamos de fazer diariamente, desde a manhã, quando nos encontramos no restaurante do hotel, até a noite, quando nos despedimos no elevador, isto é, desde cinco minutos depois do seu adeus matinal até cinco minutos antes de esta cena ter lugar. (Nós, em compensação, ignoramos tudo das suas atividades na cidade de Madri.) Mas o que hoje aconteceu ele não poderá saber até amanhã de manhã, quando, antes do nosso café-da-manhã a três, ele e Dato se telefonarem dos seus quartos, seguramente ele a Dato, aproveitando os minutos em que Natalia está no banho. Se Manur, não obstante, quiser saber se hoje houve novidade de algum tipo sem esperar a manhã, então terá de interrogar Natalia. Pode esperar? Pode esperar. Talvez na realidade não lhe interesse. Talvez Natalia não lhe interesse, apesar do que Dato me deu a entender ao me falar das suas obrigações ou lealdades teóricas para com o seu patrão. Talvez Manur não sinta absolutamente nada ao ver Natalia despir-se, ao vê-la meio nua, ao vê-la já nua, ao ter o corpo perfumado, quente e liso a seu lado durante oito horas inexistentes da vida de ambos. Natalia também não tem interesse por ele, embora talvez a consciência da presença dele a faça sentir saudades de vez em quando: essa consciência é dada sobretudo pelo cheiro que há anos (e melhores tempos) continua saindo imutável do pescoço de Manur; o cheiro invariável que ascende do seu peito misturado com um resto da sua colônia de sempre, que pôs de manhã e talvez também de tarde mas que provavelmente *não* renovou agora, enquanto ela estava no banheiro: não, é somente um rastro, e são precisamente os rastros que dão origem à saudade. As coisas mal terminadas e o que não existe. Natalia Manur também tem saudade do desejo que teve de Manur um dia, e ainda não se atreve a substituí-lo pelo desejo por esse tenor bem-fornido, falante e amável. Dele não conhece o cheiro, nem o peito, ignora como suas mãos grandes tocam, se é que tocam. O tenor não é assexuado, mas não mostra às claras seu próprio desejo por ela, essencial para desejá-lo. É cauteloso, respeitoso demais, ou tem medo de Dato e das suas teóricas lealdades, ignorante de que Dato é venal, mais ainda, de que é sempre uma compra possível para quem der o melhor lance, como os livros, os canivetes de aparar penas, os cinzeiros, as estatuetas, os tapetes e os quadros. Ou quiçá o cantor seja homossexual, como tantos artistas de teatro. Pode ser que esteja simplesmente apreensivo — a negação do amor. Nunca a toca, quase nem a roça, nem sequer para realçar sua companhia ao atravessar uma rua ou quando estão sentados, cotovelo com cotovelo, na platéia do Teatro de la Zarzuela durante as pausas dos ensaios. Vai ver que o Leão de Nápoles abomina o contato físico. Os cantores têm fama de se cuidar muito. Como será que um cantor beija? Será que ele asperge a boca antes ou depois? Será que clareia a garganta com clara de ovo, como conta a lenda? Será que seus beijos têm portanto sabor de clara de ovo? E como será o sabor da clara de ovo sozinha? O que fará com as gemas imprestáveis? Desperdiça? Amontoa numa tigela temporariamente? Cozinha? Dá a algum animal doméstico onívoro que devora com gosto até mesmo gemas cruas? Joga fora? Onde? E se o ovo estiver podre e o cantor não perceber e mandá-lo goela abaixo e tragar a clara pestilenta que devia clarear sua garganta? Que nojo.

Mas de repente é Manur que hoje a toca. Toca sua coxa, nua, elástica e firme (embora as pernas já não sejam sobrenaturais). Ela se deixa tocar, embora só para descobrir de que modo recebe o convite ou a marital investida depois de tanto tempo. Manur toca com sua mão direita ao mesmo tempo inusitada e antiga, amassadora e suave, um tato tão reconhecível como esquecido, que vem de um passado em todo o resto tão parecido com o presente que nem sequer se pode vê-lo como passado. Manur introduz a outra mão por baixo da camisa de pijama de Natalia Manur e acaricia seu ombro. Pouco a pouco, como um principiante, dissimuladamente, faz que cada carícia vá se aproximando mais da parte lateral do peito esquerdo de Natalia Manur, até que, alcançada e logo esgotada a lateralidade, a mão que se finge ou se fez desajeitada vai em busca da frontalidade (a mão que sai da manga verde). Todo o quarto recende repentinamente a Manur. Natalia Manur não se mexe, não sabe se está excitada, não sabe nem mesmo quando já é o bico do peito que recebe e acusa (pois endurece) o tato. Talvez preferisse não saber, talvez quisesse dormir instantaneamente e que Manur, seu marido, a utilizasse como boneca a seu bel-prazer, sem mais preâmbulos, se metesse nela sem seu consentimento explícito, sem sua participação nem sua passividade desperta, sem sua negativa nem sua aquiescência, sem seu conhecimento, sem sua consciência, sem sua existência, de tal maneira que no dia seguinte pudessem se comportar como se essa violação da norma não houvesse ocorrido. É tarde demais para que agora falem de si mesmos no dia seguinte. Também é tarde demais para que se envergonhem de não se falar. A vida deles é de um modo que não admite mais improvisos nem mudanças, tudo foi falado e estipulado faz tempo. A única coisa que a vida deles pode admitir é perpetuação ou cancelamento violento. Mas Natalia tampouco se opõe aos toques ressuscitados do banqueiro de Flandres, porque são familiares e ao mesmo tempo remotos — um resto, um rastro —, porque não a assustam e são improváveis, e desde que estão em Madri ninguém a toca. Espera. Espera. Manur, porém, deve querer resposta; cansa-se, não continua: sempre foi um homem impaciente. Suas carícias vão se tornando inerciais e sem esmero, até que a mão, cansada, pára morta no flanco dela, abandonando a frontalidade, mal roçando a lateralidade alcançada. Uma mão no flanco é meio incômodo para dormir. Natalia Manur desliza um pouco para a sua beira de cama, a mão se afasta, cai molemente no lençol branco como um membro anestesiado (o braço metido na manga verde). Manur é o proprietário de Natalia Manur, mas hoje não dá nenhuma ordem nem exige nada. Também vira de lado, como eu fazia ao notar que o sono de Berta havia chegado e olhava para a parede nua com o calendário italiano (aprile, giugno, settembre), e adormece quase instantaneamente. Natalia não dorme, mas não quer se mexer para não tornar a entrar em contato com o corpo do marido. Se tentar apagar o abajur de outro lado, roçará em Manur e ele poderá acordar. E se acordar agora, recém-adormecido, não voltará a conciliar o sono. Natalia Manur sente o peito esquerdo dolorido. O cheiro de Manur já está se dissipando, como se só emanasse durante a vigília, como se fossem seus olhos ferinos que o exalassem. Já estão fechados. A luz da mesinha-de-cabeceira ficará acesa a noite inteira e os sobressaltará de manhãzinha.

Natalia Manur não contou nada naqueles dias, já eu, menos reservado que ela ou com menos recursos para manter o diálogo (com menos firmeza para suportar os silêncios) um dia depois do outro, sem lançar mão do relato da minha autobiografia, eu sim tinha lhe contado — ante o olhar desinteressado ou ligeiramente incrédulo de Dato, que, talvez pudico, talvez diplomático, simulava estar pensando em suas coisas inescrutáveis quando eu falava de mim mesmo — o essencial da minha história, ou passado, ou vida até um ano antes aproximadamente, isto é, até o momento em que havia decidido conviver em Barcelona com Berta, cuja existência eu continuava sem nem sequer mencionar. Falei a Natalia Manur (e, por conseguinte, a Dato) da minha infância solitária e triste; da minha doentia gordura de então, que tantas zombarias e dissabores (outra visão do mundo) tinham me causado; das minhas relações abjetas e sempre abomináveis com meu padrinho, o senhor Casaldáliga, que me recolheu quando da morte da minha mãe — sua prima — e de quem sempre tive a suspeita de que pudesse ser, além de meu padrinho e tio em segun-

78

do grau, também meu envergonhado pai nunca confesso. Falei a Natalia Manur de como se sofre vivendo como parente pobre, sem direitos, sem possibilidade de queixa, num estado de incerteza que vai muito além de todo o razoável, sem nunca sentir-se em sua própria casa. Expliquei-lhe como, menino, eu tinha constante e cabal consciência de que a qualquer instante podia ser expulso do meu quarto — e daquela que apenas por exclusão eu também supunha ser minha casa — pelo senhor Casaldáliga, homem de fato estranho e temível: endinheirado (soube depois que descomunalmente rico), atormentado, avarento, tortuoso, sombrio, sarcástico e autoritário, juiz de profissão e dono de um banco (mas isso, como tantas outras coisas, também descobri já adulto e através de terceiros: das suas atividades nunca soube nada enquanto compartilhamos o mesmo teto). Eu intuía que minha estada ali — assim como meus estudos, minha alimentação e minha roupa — dependia do seu capricho e não do seu afeto, nem do seu senso de responsabilidade nem da sua clemência, e no entanto sentia-me obrigado, mais que a fazer-me merecer e procurar agradá-lo, a não incorrer em desmerecimentos nem decepcioná-lo excessivamente. (Agora faz muito tempo que não o vejo: quatro anos atrás ainda vivia em Madri, mas não me passou pela cabeça — nem louco — ir visitá-lo, se bem que, isso sim, tenha lhe mandado uns convites para a estréia do *Otello* de Verdi no Teatro de la Zarzuela, a que ele não compareceu, que eu saiba, em todo caso não foi ao camarim me cumprimentar. Continua vivo ainda hoje, retirado no campo, numa mansão colossal na província de Huelva, e nos correspondemos de vez em quando, rara correspondência paterno-filial afinal de contas.) Expliquei a Natalia Manur como tinha de pedir licença para tudo: para ir de um ponto a outro da casa, do meu quarto ao banheiro, da sala de jantar à sala de estar, da cozinha ao meu quarto, sem falar em sair de casa ou entrar novamente. Nunca tive chaves. Ele queria sempre saber com precisão em que lugar eu me encontrava, como se temesse que eu pudesse surpreendê-lo em algum canto cometendo infâmias que não deviam ser testemunhadas. Cada movimento meu precisava do seu consentimento e, se meu padrinho não estava em casa, eu *devia* (isso era o prescrito e o que eu não cumpria) esperar que ele voltasse para sair do meu quarto: agüentar o xixi, agüentar a sede, agüentar a fome; ou ser tão previdente como nunca um menino poderá ser, por mais ajuizado, desgraçado e obediente que seja. Em todo caso, durante anos tive de driblar a criadagem (que, pouco caritativa — nem um pouco encantada com um menino gordo —, informava-o pontualmente de qualquer infração) e tomar o maior cuidado para não deixar rastro de um movimento não autorizado: a esponja utilizada para refrescar o rosto tinha de ficar tão seca quanto estava antes e na mesma posição, idêntica; cada vez que eu cedia à tentação irresistível de usar o telefone para comentar com meu colega favorito os deveres do dia, tinha de me lembrar de pôr o fone no ganho do lado esquerdo, pois ele era canhoto; tinha de andar freqüentemente de meias, como os namoradores das piadas e dos filmes mudos, para evitar que uma mancha de barro no tapete ou no assoalho pudesse delatar minha passagem; os goles de leite — minha bebida preferida — que eu tomava às escondidas tinham de ser mínimos para que ele não notasse a variação de nível e, com isso, minha incursão à cozinha na sua ausência; se ouvia rádio — minha grande paixão na época — tinha de pôr o dial e o volume no mesmíssimo ponto em que se encontravam antes das minhas emocionadas manipulações. Expliquei a Natalia Manur como, sendo já adolescente e quando o controle exercido por ele já não era tão rígido, tinha de suplicar ao senhor Casaldáliga que me desse dinheiro até para as coisas mais imprescindíveis e como às vezes ele me negava dias a fio: para o sabonete (o meu, Lagarto, e não Lux, como o dele) ou a pasta de dentes (a minha, Licor del Polo, e não Colgate, como a dele)

80

que tinham acabado, para uma camiseta ou uma cueca nova que substituíssem as já quase puídas, para cortar o cabelo, para pagar o ônibus ou o bonde que me levavam e traziam do colégio. Durante a minha infância e a minha adolescência, a cidade de Madri era um lugar detestável, e a minha expressão, permanentemente absorta ou estupefata, como a de um desses garotinhos do pintor Chardin elegantemente trajados e concentrados em suas diversões — badminton, canivete, rapa —, com a diferença de que minhas roupas eram tragicamente grosseiras e meu olhar tão ausente quanto o deles, sem que houvesse nas minhas mãos nem diante da minha vista, porém, algum brinquedo que me absorvesse. Até que, por fim, um dia, aprendi a ler partituras, comecei a tê-las, e o canto veio me salvar. Mas não é disso que quero falar agora.

Natalia Manur me ouvia tão atenta e compassivamente como se estivesse ouvindo narrar as desventuras e privações de um menino de Dickens, e ela me garantiu mais tarde, em mais de uma ocasião, que parte da sua atração por mim nasceu desses relatos e de uma identificação do seu destino de adulta com o meu de menino. Foi imediatamente depois que fiquei sabendo que a sua história, ou passado, ou vida, também eram oitocentistas. Mas, como disse, antes das representações do *Otello* de Verdi no Teatro de la Zarzuela, o que principalmente consegui descobrir foi minha própria e impensada certeza: desejava aniquilar Manur e tinha de aniquilar Berta para continuar vendo diariamente Natalia Manur sem empecilhos de nenhum tipo. Estávamos em olor de crueldade. A segunda aniquilação não oferecia dificuldades, pois dependia tão-só da minha decisão já tomada: de Berta eu sabia tudo, muito mais do que precisava. A destruição de Manur, entretanto, era mais árdua, não sabendo eu — como não sabia — quase nada dele e nada sobre os seus pontos fracos, e parecendo-me impossível, depois de ter visto suas maneiras e entrevisto sua satisfação, sua segurança em si e em suas propriedades, pô-lo em ridículo num enfrentamento direto, fosse este verbal ou de qualquer outro gênero. Sem dúvida era mais flexível e poderoso do que eu, mais imperativo também. Depois de matutar muito rapidamente uma noite no meu quarto (a véspera da estréia, lembro-me bem), compreendi logo que a única forma de levar a cabo meus improvisados ou inesperados planos consistia em inverter a ordem em que acabo de mencioná-los: tinha de continuar vendo diariamente Natalia Manur e então a aniquilação de Manur viria por si só. Quanto à de Berta, que eu não desejava, havia porém que dá-la por certa — firmar de uma vez por todas uma sentença antiga — e fazer que o processo fosse o mais breve possível e não interferisse com o que a partir daquele instante pareceu-me uma conquista ou uma partida. Mas naquela mesma noite encontrei-me imerso na dúvida em relação ao método. Devia falar claramente com Natalia Manur? Fazer-lhe uma declaração por assim dizer operística e como manda o figurino, antes de qualquer contato íntimo entre nós? Valer-me da mediação de Dato? Ou tinha de conseguir ficar a sós com ela na ocasião propícia — quem sabe no meu camarim — e agir como um sedutor clássico — ou seja, antiquado —, correndo o risco de fracassar à primeira tentativa sem possibilidade de retificação? O fato de que eu houvesse formulado a mim mesmo a natureza dos meus sentimentos ('devo estar apaixonado ou sob a influência desconhecida de um fortíssimo capricho para pensar e desejar assim', disse comigo mesmo) pareceu-me de repente um tremendo inconveniente, que me obrigava a agir com um plano mais ou menos premeditado (mas que ainda faltava meditar) e portanto com artificialidade, em vez de continuar como até então, levando as coisas, se não passivamente, pelo menos com naturalidade, sem forçar nem conduzir nada, numa espera sem expectativa nem determinação. Como cansa amar, pensei. Desdobrar-se, projetar, ambicionar, não poder contentar-se com a perseverança e a imobilidade. Como cansa também o que ainda acontecerá. Lutei demais durante a minha vida por coisas imperiosas: para crescer saudável e ajuizado, para não ser objeto de chacota, para emagrecer, para não sucumbir ao despotismo do meu padrinho, para sair da sua casa, para estudar música, para estudar canto, para estudar em Viena, para ir embora de Madri, para entrar no círculo restrito e invejoso dos cantores profissionais, para ser cotado, para virar uma figura internacional, uma celebridade. Estou em vias de triunfar no que me propus, e todas as manhãs, ao me olhar demoradamente no espelho para descobrir as mudanças, certifico-me de que levo o triunfo pintado no rosto. Tenho um agente que zela por mim e sempre me procura o melhor, viajo pelo mundo (embora solitariamente), gravo discos em cujas capas aparece meu nome em terceiro, quarto ou quinto lugar, vou a hotéis de luxo como este (embora solitariamente), tenho bastante dinheiro e sei que em breve terei muito mais. Gosto da minha profissão, gosto de pisar num palco com um figurino e transformar-me em muitos, cantar, representar, ser aplaudido depois do meu esforço e ler os elogios cada vez mais ardorosos e extensos nos jornais do mundo todo. Gosto que os empresários e os repórteres digitem meu número de telefone de qualquer lugar do globo e liguem para mim para me contratar e me entrevistar na minha casa de Barcelona. Moro lá com Berta, a quem talvez eu não ame, a quem sem dúvida não amo, como descobri poucos meses antes, durante uma representação de *Turandot* em Cleveland, quando Liù me emocionou de tal modo com suas célebres árias pré-mortuárias que me vi sentindo um amor invencível sem que o objeto desse amor fosse Berta, em absoluto, embora tampouco fosse qualquer outra pessoa em particular, muito menos, é claro, a cantora que fazia a escrava apaixonada e sacrificada (uma soprano excelente, mas também um projeto de barrica alemã que tem o mau hábito de cuspir em seus contracenantes quando canta e cujo nome não vou dizer agora porque ela ainda está na ativa; aliás, hoje em dia está tão em alta quanto eu). Não tenho ilusões sobre Berta, quando volto para casa não me alegra muito vê-la, nem sinto a necessidade nem o desejo de me deitar com ela logo, prefiro esperar uns dias, ver muita televisão, acalmar-me, reacostumar-me com a minha casa e com um ritmo sedentário que na realidade não existe, sair para comprar pão, dar uma passada no jornaleiro, ir ao estádio ver o Barça jogar. De fato, me anima mais convocar uma puta de luxo ao meu quarto de luxo em algumas das minhas solidões maiores das minhas viagens musicais. Mas não sou infeliz por esse motivo, quero dizer, por minha falta de entusiasmo por Berta. As relações com as pessoas não ocuparam até agora um lugar importante na minha existência, talvez porque tenho andado atarefado demais com minha progressão, com meus inapeláveis exercícios diários, com o aperfeiçoamento da minha arte e com o cuidado extremo com minha voz, com o estudo, a prática e sempre o estudo. Agora estou começando a colher, a não ter de lutar tanto, sei que já faço parte da roda e prevejo que tudo será questão de que esta continue girando como deve girar — comigo já incorporado a ela — para que a glória e os primeiros papéis (Calaf, Otello) venham por si sós. Tive alguns amores, mas nenhum foi muito importante nem me fez mudar. Berta, na realidade, é perfeita. Organizada, inteligente, discreta, de caráter carinhoso e alegre, devota da música, paciente com meus ensaios e muito atraente para a maioria, muito embora já faça algum tempo (mais ou menos desde que começamos a viver juntos) que ela não me atrai o suficiente (me atraem mais as putas que, como disse, convoco de vez em quando por solidão, curiosidade ou diversão). Não é estranha nem melancólica, como Natalia Manur, que no entanto agora quero continuar a ver diariamente. Por que quero continuar a vê-la diariamente? Talvez porque deseje ser como Liù e como Otello, porque necessito experimentar me destruir ou destruir alguém neste momento particular da minha história, ou passado, ou vida. Liù é uma escrava chinesa que se deixa torturar e depois se mata com um punhal para salvar a vida de Calaf, a quem ama e cujo nome a cruel Turandot lhe cobra para não se casar com ele e poder justiçá-lo ao amanhecer, como fez com todos os seus anteriores pretendentes. Liù é uma personagem condenada, o que ela entende desde o início. Suas alternativas são desgraçadas em qualquer caso. Ou morre, e então seu amado Calaf viverá para se casar com Turandot, ou confessa o nome e vive, mas nesse caso Calaf é que morrerá ao cair a noite. Em nenhum dos casos seu amor poderá se realizar, de modo que se trata, então, de escolher entre uma felicidade (a do amado) e nenhuma felicidade, ou talvez até, entre duas felicidades e nenhuma, se aceitarmos a idéia de que morrer pelo amado pode ser para a amante uma forma acabada da felicidade. Talvez por isso a opção para Liù seja clara. De Otello se conhece melhor ainda a história. Ele nem sequer vê, entre suas opções, a felicidade de alguém, como seria, num Otello impossível, a de Desdemona e Cassio, supostamente apaixonados. É impensável Otello apartando-se para favorecer a felicidade da sua mulher, que, segundo Iago, o traía com Cassio. Não tivesse Otello, como não tinha Liù, o senso da justiça... (Mas essa carência só se dá em nosso século.) Berta é perfeita para minha carreira e meu bem-estar geral, mas, além de querer continuar vendo diariamente Natalia Manur, sinto uma enorme vontade de me deitar com ela esta noite, tanto quanto não sinto vontade de tornar a me deitar com Berta pelo resto dos meus dias, pensei naquela noite. Era, como quase todas as da minha estada em Madri, uma noite primaveril. Tinha deixado a janela aberta e podia ouvir, vindo lá de fora, o barulho dos carros e uma ou outra voz abrupta, ou iracunda, ou ébria. Também me chegava algum ruído de dentro, chaves que abriam outros quartos, fragmentos de conversas estrangeiras nos corredores, as batidas na porta de um camareiro com uma bandeja ou um carrinho; em dado momento ouvi o apogeu de uma discussão aos berros e de uma coisa se espatifando contra a parede no quarto ao lado; podia ser um cinzeiro atirado pela mulher contra o homem, muito mais provavelmente que pelo homem contra a mulher (ele disse, em espanhol, com sotaque cubano ou, quem sabe, das ilhas Canárias: 'Se você não queria saber, agora sabe!', e ela respondeu: 'Você é que vai saber, seu puto!', e depois soou o estrépito). Sem dúvida Natalia e Manur não discutiriam como aquele casal ali ao lado, não condizia com eles, com o aspecto esterilizado e a frieza aparente deles. Será que *eu* poderia vir a ser motivo de discussão um dia, logo, amanhã, esta noite, já? Tentei deixar de pensar meus pensamentos, ensaiando pela penúltima vez — melhor dizendo, rememorando, pois fiz isso de mim para mim — uma das minhas breves intervenções do dia seguinte no papel de Cassio: *Miracolo vago... Miracolo vago...*, e outra em seguida, para depois ir alternando as duas: *Non temo il ver... Non temo il ver...* Murmurava ou cantarolava interiormente essas palavras, uma, duas vezes, como se a partir da terceira ou quarta tivessem ficado na minha cabeça a minha vontade, quando tudo se precipitou, do mesmo modo que tudo se precipitou no sonho desta manhã. Rondava-me a cabeça a imagem de Natalia Manur durante o jantar que tivemos e que havia terminado uma meia hora antes. Ela usava um vestido de seda crua, levemente decotado — um decote primaveril — que me fez olhar pela primeira vez para o começo dos seus seios. É muito sério quando você repara pela primeira vez numa das partes do corpo de uma mulher, porque a descoberta é tão deslumbrante que o impede de desviar a vista um só instante; faz você se distrair da conversa e do que acontece em volta, e quando não lhe resta mais remédio senão dirigir o olhar para, por exemplo, um garçom que pergunta alguma coisa, os olhos, ao regressarem, não percorrem o espaço que vai de um ponto ao outro, nem acomodam paulatinamente a visão, mas pousam de novo, sem transição, naquilo que desejam ver e não podem deixar de admirar. E você não se comporta corretamente. Assim havia transcorrido todo o jantar, sem que eu me dirigisse a Dato em nenhum momento, escutando Natalia sem ouvir, respondendo aos seus comentários mecânica e lisonjeiramente, meus olhos servis quase imóveis no início do canal dos peitos, que se prometiam extraordinários, de Natalia Manur. Foi uma descoberta convencional, mas eu sou, em muitos aspectos, um homem convencional (às vezes até me esforço para ser vulgar). Ela deve ter percebido, e eu devo ter feito um papel ridículo, se não algo pior, mas ao mesmo tempo a circunstância proporcionava a vantagem de que uma investida minha agora, esta noite, não seria recebida com inteira surpresa. Meu desejo foi muito forte naquela noite, como é sempre o desejo em sua primeira manifestação identificada ou reconhecível pela consciência. Peguei o telefone e pedi que me pusessem em contato com o quarto de Natalia Manur. Enquanto aguardava a ligação — foram, como costuma acontecer, apenas alguns segundos —, me dei subitamente conta de que também era o quarto de Manur e de que era meia-noite e meia passada. Não devia fazer mais de meia hora que, como de costume, Dato, Natalia e eu tínhamos nos despedido no elevador. Ela ainda devia estar acordada e talvez Manur não houvesse voltado do seu suposto jantar de negócios. Mas se Manur atendesse o telefone, eu desligaria sem falar, exatamente como se fosse um dos amantes que Natalia Manur não tinha. A voz foi a de Manur (*'Allo?'*, disse o banqueiro belga duas ou três vezes, logo se corrigindo e dizendo: 'Diga?', uma só vez), e eu desliguei, e foi por esse motivo e não por outro que mandei chamar uma puta ao meu quarto naquela noite. Compreendo que confessar isso pode causar uma péssima impressão e levar-me a perder a simpatia de vocês, mas é que essa puta também apareceu no meu sonho desta manhã, que é o que estou lhes contando.

87

Não foi um ato de desespero instantâneo nem de despeito primário, nem ditado pela impossibilidade de satisfazer meu desejo por Natalia Manur (quero crer que não interveio de modo algum nisso a idéia de compensação), mas antes o recurso a um expediente rápido e seguro para dar vazão à agitação que me causara pegar o telefone e para entreter a insônia que me aguardava por tê-lo desligado logo em seguida. De fato, foi insólito que na véspera de uma estréia me ocorresse tal idéia, tão esporádica era minha freqüentação das putas apesar do que falei antes. (Nunca em datas especiais.) Decidi que era melhor tratar do assunto em pessoa, de modo que desci ao lobby ou recepção e, de maneira delicada mas com uma nota na mão, perguntei ao indivíduo de aparência cuidada e respeitável que estava ali de serviço que possibilidade havia de encontrar companhia agradável àquela hora, se saísse à rua ou fosse a algum lugar procurá-la. Essa é uma boa maneira de não comprometer nesses serviços o hotel de bom nome com uma suposição ofensiva, dando no entanto aos seus empregados a oportunidade de oferecer-se a proporcioná-lo (sei por experiência que até nos hotéis mais distinguidos pela clientela e pelos anos, eles podem prestar esse tipo de serviço, muito solicitado de resto pelos representantes de vendas potencialmente suicidas ou homicidas que neles se hospedam de vez em quando, e pelos homens de negócios como Manur, quando se hospedam sozinhos). O porteiro da noite olhou para mim sem nenhuma cumplicidade, reconheceu-me e, com a mesma parcimônia com que teria explicado a uma turista como chegar ao Palácio Real, dissuadiu-me na mesma hora de sair à rua. 'Permite-me que lhe fale com clareza? Se o senhor não conhece bem o lugar e não dispõe de veículo próprio', falou, e fez uma pequeníssima pausa para que eu negasse com a cabeça, referindo-me a ambas as coisas, 'pode perder bastante tempo subindo a Castellana', e tirando de sob o balcão um mapa já desdobrado, apontou e percorreu com seu bem-cuidadíssimo indicador o Paseo de la Castellana até o fim, 'antes de encontrar algo que preste e que não sejam os travestis nem as meninas drogadas, porque imagino que o senhor não vá querer companhia demasiado excêntrica e popular, não é?' Chamou-me a atenção ele utilizar a palavra 'popular', tão altiva nestes e naqueles tempos para se referir, supus, à baixa camada do centro mais central da cidade, e me indicou que ele talvez pudesse conseguir que uma das massagistas *conveniadas* (ressaltou a expressão 'conveniada' como se se tratasse de uma grande garantia e acrescentou um 'se o senhor quiser') subisse ao meu quarto em uns quinze ou vinte minutos, se eu pudesse esperar esse tempo. Disse um 'Sim, espero', e perguntei se devia pagar o serviço à parte ou se cobrariam na minha conta, esquecendo que esta segunda opção era impossível, porque não seria eu, e sim os organizadores do *Otello* de Verdi, que pagariam. Ele, mais consciente, inclinou-se pela primeira solução e me fez saber que a própria encarregada (agora chamou-a assim, encarregada) me apresentaria a fatura. Depois de dizer a palavra 'fatura' pegou finalmente a nota que eu tinha posto em cima do balcão e que havia permanecido ali, como uma mancha da madeira, limpa, inapagável e antiga que ninguém mais percebe, durante a breve conversa. Subi de novo para o meu quarto.

No dia de hoje, enquanto escrevo tudo isso quase sem parar (se bem que, impelido pela fome, eu tenha acabado de fazer uma pausa para finalmente tomar meu desjejum, arriscando-me assim a abandonar totalmente a esfera noturna), sinto muitíssimo não ter me comportado mais relaxada e cavalheirescamente com a mulher que bateu na minha porta um quarto de hora depois, como o porteiro havia antecipado. Pode ser que, se eu tivesse sido mais atento e menos suscetível, as coisas teriam transcorrido de outra maneira, com ela e com os Manur. Hoje (mas agora é tarde) ofereço meu braço quando a moça entra, apresento-me com nome, sobrenome e profissão, ajudo-a a tirar o casaco, peço que sente, sirvo um drinque do chamado minibar do meu quarto, elogio o vestido e o sorriso ou a cor dos olhos e, quando ela vai embora — talvez não, como aconteceu, apenas dez ou quinze minutos depois de chegar, mas meia hora, uma hora depois —, ofereço-lhe dois ingressos para a estréia do *Otello* de Verdi no Teatro de la Zarzuela e insisto em que, no fim do espetáculo, não deixe de vir me cumprimentar no camarim com seu par, que poderia perfeitamente ter sido, penso, o porteiro-paraninfo tão eficaz. Hoje sinto, de fato, muito mais curiosidade do que já senti então por aquela puta solícita que deixou seu sono ou seus afazeres (estes últimos, pois havia adiado um encontro) para satisfazer o capricho de um pobre hóspede intranqüilo e apaixonado, se bem que ela não soubesse da minha paixão nem da minha intranqüilidade.

Lembro-me muito bem que, ao abrir a porta, vi antes de mais nada o casaco preto que ela vestia. Achei esquisito, porque já não se viam casacos naquela época do ano em Madri, onde, como se sabe, se passa tão facilmente do frio invernal à tepidez quase estival. Debaixo daquele casaco, a puta exibia um exíguo vestido cor de malva que parecia de cetim Liberty mas podia ser de rayon, e talvez fosse a pequenez deste a explicação daquele: não se podia andar pelos corredores de um hotel distinto com tão pouco pano e tão grudado na pele. Tirou-o e deixou-o numa poltrona (o casaco, quero dizer) enquanto eu a observava sumariamente, e logo perguntei, sem nem mesmo convidá-la a sentar-se:

— Como você se chama?

— Claudina. E você?

— Emilio — menti absurdamente, pois o porteiro não só sabia meu nome e certamente quem eu era, mas tinha todos os meus dados à sua disposição, inclusive meu domicílio barcelonense: se quisesse, podia até me chantagear quando eu voltasse. E o que diria Berta se viesse a saber? Mas lembrei-me que Berta não ia estar na minha vida.

Olhei melhor para o rosto que surgia da cor malva. Aquela puta era um bocado atraente à primeira vista, com feições sinuosas e grandes e uma expressão licenciosa, um pouco sacana, como convém. Não parecia, a julgar pela pouca atenção que me dava (não fixava os olhos em nada concreto, claro que muito menos em mim), ser muito entusiasmada; quero dizer que não parecia disposta a fingir, durante seu trabalho, o entusiasmo que alguns clientes esperam e agradecem tanto. Era das que se limitavam a estar presentes, pensei. Fechei a janela da sacada e então o silêncio tornou-se mais extenso.

— De onde você é? — foi a próxima coisa que me ocorreu dizer, ou a próxima coisa que me interessou saber. Essa pergunta só é admissível nas capitais.

— Da Argentina. E você? — respondeu a puta Claudina sem o mais ínfimo assomo do sotaque daquele país.

Mas era eu que ia pagar, que queria dirigir o diálogo e, assim como tinha vontade de perguntar, não tinha em absoluto de responder.

— Ah! De Buenos Aires?

— Não, nasci nos pampas, na província de Córdoba.

Essa afirmação, se é que ainda cabia alguma dúvida, foi feita com inequívoco sotaque popular de Madri, de modo que começou a me parecer disparatado prosseguir uma conversa em que a parte interrogada não só mentia sistematicamente (o que era normal) mas o fazia sem o menor esforço para dar verossimilhança ao embuste. Mesmo assim, quis ver como se desenvolvia aquela puta inegavelmente espanhola com suas fantasias modestas. Sua figura era bem aceitável e seu rosto — confirmei depois de uma inspeção um tanto mais detida — bastante agradável, se bem que, como costuma acontecer nessa profissão, enfeada pelos exagerados trejeitos bucais que fazia cada vez que falava.

— E o que acham lá da Córdoba de cá? — Foi uma pergunta idiota, claro, mas por isso mesmo difícil de responder para uma madrilena que provavelmente nunca havia saído do seu país e boa, portanto, para pôr à prova sua imaginação. Incomodou-me que não quisesse responder: em boa medida contratar uma puta *também* é adquirir o direito de *ditar* uma representação, e sua reação me irritou do mesmo modo que em criança me irritava que um companheiro de brincadeira não respeitasse, em nossas ficções, a trama e os diálogos que eu ia inventando em cada ocasião.

— Ouça, Emilio — ela respondeu —, não estou com muito tempo, sabe? Já vou chegar atrasada a um encontro que tinha marcado antes. Não se ofenda, me entenda, estou abrindo um espaço na minha agenda para você só porque Céspedes me pediu.

Quer dizer que a puta Claudina chamava de 'Céspedes' o porteiro-paraninfo, pensei, e imediatamente me perguntei como Natalia Manur chamaria a mim, pelo meu nome ou pelo sobrenome, quando falava de mim com Dato ou com o próprio Manur. O barulho dos carros voltava a ser audível, agora que nossos ouvidos (os meus) tinham se acostumado ao silêncio mais extenso. Toda a minha agitação e a minha vivacidade estavam desaparecendo, no entanto, nuns poucos minutos de má vontade alheia e idiotice coloquial. Minha atitude descortês havia sido um erro, mas pensei que, afinal, são sempre as mulheres que impõem o tom que desejam num encontro ou numa conversa. Até a puta Claudina era capaz de me desarmar e me fazer desistir das minhas primeiras intenções apenas com o não fixar seus olhos em mim. Alegrou-me não ter forçado naquela noite o segundo encontro com Natalia Manur: se ela também não houvesse fixado seus olhos em mim, muito provavelmente eu teria deixado de desejá-la, como não desejava em absoluto a puta Claudina ao fim de cinco minutos à minha frente, indiferente, mentirosa, pouco imaginativa, pesada e (minha culpa) ainda de pé. Apesar disso tentei reparar minha posição.

— Se é assim, deixe-me pelo menos administrar esse espaço — respondi azedamente.

— Está bem, tenho vinte minutos. — E olhou para o relógio como Manur havia olhado da única vez que eu havia falado com ele. — O que quer que eu conte? Minha infância não, por favor.

Não, não era daquele jeito. Agora sim eu me senti ofendido, e a verdade é que eu não queria que ela me contasse nada, só me distrair a meu modo, mudar de personagem um instante, ensaiar, quem sabe brincar. Eu a tinha tratado indevidamente, ela tinha se aborrecido e passado a me tratar com antipatia e precipitação. A conversa inusitada, a cena possível, a distribuição de papéis harmoniosa e justa estavam estropiadas desde o início.

Ela havia finalmente sentado ao dizer 'está bem' e agora — as pernas cruzadas, o olhar sempre desatento, errabundo — mostrava inteiramente as coxas, de modo que eu me sentei por minha vez no braço esquerdo da poltrona e toquei-as um pouco, as pontas dos meus dedos sobre a parte frontal delas. Ela descruzou imediatamente as pernas para facilitar minha carícia, mas nesse movimento não havia provocação, e sim abandono. As coxas eram mais moles do que pareciam à primeira vista, na verdade eram moles demais e tinham uma textura de cicatriz que não as tornava exatamente agradáveis ao tato. Naquele instante percebi, além do mais, que a puta Claudina não tinha a pele morena o bastante para usar a cor malva. Deveria ter esperado um pouco mais, o verão, para botar aquele vestido, mas seguramente ela não podia saber disso. As putas não são educadas em matéria de cor. Continuei tocando-a, com a mão toda, e suas coxas pálidas, moles, de uma lisura puxada, de um esticado artificial, me fizeram pensar subitamente nas minhas próprias coxas quando eu era garoto (um garoto gordo) e tinha de vê-las o tempo todo, pois meu padrinho nunca me deixou usar calças compridas até eu fazer dezesseis anos, com o pretexto de que o contínuo roçar das minhas grossas pernas iriam destroçálas. E embora as da puta Claudina fossem magras e bem-formadas, tive a sensação de estar tocando as coxas de um eu anterior. Essa idéia me desconcertou. A puta Claudina entreabriu as dela, oferecendo-me a parte interna, mas fez isso com negligência e pressa, se é que essa mistura pode acontecer.

— Não — disse eu, e ela, estranhando um pouco, fixou finalmente seus olhos cinzentos em mim. Fechei suas coxas e me levantei. Peguei seu extemporâneo casaco na outra poltrona: era um gesto inapelável meu. — É melhor darmos esse espaço na sua agenda por encerrado e que você corra ao seu outro encontro. Trouxe a fatura? O porteiro me disse que você traria a fatura.

— Também não é para ficar assim, os encontros sempre podem esperar — disse a puta, ainda sentada, com um acesso de amor-próprio e um tom de voz que buscava a reconciliação, essa mínima conciliação necessária para que o dinheiro possa passar de uma mão a outra, bem ou mal ganhado que seja, qualquer que seja a forma da sua obtenção.

Mas era inútil recomeçar. Não me agradava em absoluto permanecer com Claudina, sobretudo se eu não podia conversar tranqüilamente com ela e perguntar, por exemplo, como era possível que, tendo nascido na Argentina, tivesse um sotaque tão madrileno.

— Você não tem sombra de sotaque argentino — comentei enquanto lhe entregava não me lembro se três ou quatro notas iguais às que tinha dado ao porteiro pelo obséquio.

— Como não? — respondeu ela com sincera surpresa. — Se por mais que me esforce não consigo me livrar do sotaque. Eu é que sei quantos papéis no teatro e na televisão perdi por causa disso.

Naquela noite não dormi bem. Tive sonhos confusos que, no entanto, meu sonho desta manhã não quis reproduzir. Mas pelo menos consegui dormir quando fiquei a sós, intrigado no meio do silêncio cada vez mais extenso da cidade, com a dúvida tardia que nunca mais poderei dissipar, se a puta Claudina seria afinal uma argentina de verdade e uma magnífica atriz que tinha conseguido suprimir milagrosamente todo e qualquer vestígio das suas origens mas ignorava isso, ou então, pelo contrário, uma madrilena desastrada que se esforçava, sim, mas para disfarçar sua dicção e dar às suas mentiras alguma verossimilhança, embora nesse caso só ela pudesse sabê-lo. Quando fechei os olhos depois de contemplar brevemente a parede vazia e pensar, como costumava então fazer, que ninguém velaria meu sono mais uma noite, o quarto inteiro ainda recendia à puta Claudina, e a verdade é que recendia gostoso.

Hoje estava previsto que, em vez de estar aqui com esta caneta e estas folhas durante a boa parte do dia em que venho me ocupando disso, eu começasse a estudar o novo papel, também de Verdi, que cantarei em breve em Verona e em Viena: serão minhas primeiras interpretações do Radamés de *Aida*. Um tenor não tem mais remédio que cantar Verdi a vida toda, a não ser que se especialize em Wagner, coisa que não fiz e nunca faria. Os cantores wagnerianos são seres obsessivos e tremendamente maníacos, ou, melhor dizendo, além de muito maníacos — como na realidade são todos os músicos em geral —, empenham-se em ser originais tanto em seu canto como em seus costumes, e esse anseio é, como sabem os que tiveram algum contato direto com a produção ou a emissão da arte, o mais enlouquecedor que há. Tenho minhas muitas manias. (Por exemplo, a caneta com que agora mesmo estou escrevendo tem pena negra e fosca, como todas as minhas, porque se tivesse pena dourada e brilhante — o mais comum — me faria mal à vista, a qual fica fixada, enquanto escrevo, a apenas um milímetro da pena cheia de reflexos que percorre a folha.) Mas nunca chegarei a extremos como os de Hörbiger, que embora se apresentasse em Madri havia quatro temporadas no papel de Otello, cantava sobretudo Wagner, e dentro de Wagner sobretudo Tristão e Tannhäuser. Em seus dias, foi um genial inovador na interpretação desses papéis, mas sua ânsia de originalidade foi se tornando cada vez mais forte e mais abrangente à medida que suas faculdades diminuíam com os anos, e nos últimos da sua carreira alardeava suas excentricidades e contava todo prosa que precisava dormir onze horas, mudar de roupa quatro vezes por dia, tomar três banhos e fazer amor duas vezes para sentir-se minimamente em forma. Se era verdade, não compreendo como lhe sobrava tempo para qualquer outra coisa. Mas sua verdadeira mania e seu verdadeiro drama era que não podia entrar no palco se visse, escondido atrás da cortina um minuto antes do início da representação — um olho veloz e injetado de sangue que se punha a cada poucos segundos na fresta —, uma só cadeira vaga na platéia. Não lhe importava o que acontecesse nas galerias (embora as preferisse cheias), mas, acostumado com as apoteoses constantes da sua juventude, precisava que a platéia e os camarotes não apresentassem claros. E isso é justamente o que nunca acontece um minuto antes de começar, porque há uma parte do público que sempre chega atrasada, e Hörbiger obrigava os empresários a erguer o pano cinco, sete, dez, doze e até quinze minutos depois da hora programada a fim de dar tempo aos retardatários e poder assim ver lotados a platéia e os camarotes. Os pontuais se irritavam e a orquestra, chateada, afinava e tornava a afinar os instrumentos para desespero dos ouvidos destes. Apesar dessas generosas demoras — com as quais concordavam previamente os organizadores do espetáculo a fim de evitar os dramas, as gritarias (às vezes audíveis do lado de lá do pano), as crises de desmaio e os impropérios de Hörbiger, que se apressava a tachá-los de ineptos ou sabotadores e os acusava de terem confabulado com algum colega que não gostava dele para não divulgar devidamente sua apresentação —, sempre há assinantes ou convidados que ficam doentes ou estão de viagem e se esquecem de dar seus ingressos aos amigos, de modo que Hörbiger, depois que conseguiu entender esse problema, tinha por costume insistir incansável e grosseiramente com os outros cantores e com o regente da orquestra para que, ao lançarem mão da nossa cota de convites, nos certificássemos de que os dávamos a pessoas que não deixariam de comparecer em hipótese alguma ou dariam um jeito para que fosse alguém no lugar delas. Não satisfeito com isso, exigia que os empresários tivessem nos corredores do teatro não menos de uns quinze empregados ou contratados ('Por acaso não fazem assim na televisão?', ouvi-o gritar ameaçador ao próprio prefeito — o finado prefeito — de Madri) que, em caso de urgência e se após o quarto de hora de atraso ainda sobrassem lugares vazios, irromperiam na sala eliminando as lacunas sem demora. O drama de Hörbiger foi se agravando mais e mais a cada temporada, pois, tendo sido um autêntico gênio em sua juventude e um artista de incomensurável talento em sua maturidade, durante os últimos anos foi perdendo a passo rápido a voz e a arte, e a cada apresentação que dava atraía menos público, com o que pouco a pouco ia ampliando o prazo de admissão dos retardatários (os quais, por sua vez, já conhecedores da mania de Hörbiger e recusando-se a participar da sabida espera, chegavam cada vez mais tarde, fechando assim o círculo vicioso) e aumentando o número de empregados ou contratados que deviam estar prontos para intervir e ocupar, a uma ordem, os lugares irremediavelmente vagos. Em suas penúltimas atuações, contam seus colegas de elenco que os corredores e o foyer dos respectivos teatros em que elas se davam ficavam povoados de estranhos cascas-grossas engravatados que dava para ver nunca tinham posto os pés numa ópera antes e que — sem dúvida espectadores exclusivamente televisivos — nem sequer pareciam saber que convinha guardar silêncio durante o espetáculo. E na última das suas aparições, em Munique, de novo no papel de Otello que o vi fazer, dizem que mais da metade dos lugares estava ocupada não só por esses falsos aficionados ou grosseirões de aluguel e pelos poucos espectadores do poleiro convidados a descer, para fúria dos que haviam pagado os preços mais altos, mas pelos próprios lanterninhas, porteiros, encarregadas do vestiário, faxineiras e até bilheteiras, cujo concurso se fez tão urgente que nem sequer tiveram tempo de trocar seus uniformes, aventais e roupas de faxina por algo mais apresentável, nem mesmo aquelas gravatas tortas e com nó malfeito que pouco tempo antes haviam bastado para encher outros teatros sem que Hörbiger imaginasse que um dia próximo sentiria falta delas. Esse dia, em Munique, não distante do cenário estival dos seus maiores triunfos wagnerianos, o grande Hörbiger pôs um ponto final em sua incrível carreira de maneira tão coerente quanto inesperada: quando, já quarenta e cinco minutos depois da hora marcada para o início do *Otello* de Verdi e, como disse, depois de se ter recorrido a quantas pessoas havia no prédio (lançou-se mão até da gente mais prescindível dos bastidores) para ocupar a platéia e os camarotes; quando, dizia eu, o Heldentenor ou tenor heróico mais admirável dos nossos tempos grudou mais uma vez seu olho avermelhado na abertura da cortina e, com ajuda da pequena luneta japonesa de que às vezes se valia para inspecionar as salas de mais vastas proporções, divisou com horror um vazio na antepenúltima fila, bem ao lado do corredor lateral direito, em todo o teatro ecoou uma nota agudíssima que ninguém nunca pôde repetir e para a qual a palavra gemido — contam — é uma pobre definição. Suponho que esse derradeiro e irredimível assento vazio acabou por lhe transtornar o já muito alterado juízo, pois o caso é que, vestido como estava de Otello, com a cara pintada de preto, a peruca abundante e crespa, os olhos e os lábios aumentados pela maquiagem, o brinco na orelha e a luneta na mão, o grandioso Hörbiger foi à ribalta, desceu à platéia, atravessou-a com passo decidido, para assombro do público já abespinhado, e sentou-se naquela única poltrona acusadora, completando desse modo a lotação que havia sido sua perdição. Quando o regente da orquestra em pessoa (Parenzan, um velho amigo dele) foi buscá-lo e, com palavras afáveis, com muito tato, procurou fazê-lo compreender que devia voltar ao palco para iniciar a apresentação e garantiu que iriam já à rua para convidar qualquer transeunte a ocupar o lugar, Hörbiger, totalmente alienado e sem reconhecer seu velho parceiro de sucessos, Parenzan, começou a gritar que ele tinha pagado o ingresso para ver e ouvir o divino e que não deixaria de jeito nenhum seu lugar nem cederia a um intruso sua cadeira, conseguida com tanta dificuldade, depois de economizar durante meses e fazer fila dias a fio diante da bilheteria daquele teatro intolerável. E já estava mais que na hora, estrilou indignado, de acabarem com aquela brincadeira e começarem a apresentação. O público abstraiu e aplaudiu essa frase, reconhecendo assim inconscientemente o desdobramento do tenor e tributando, sem se dar conta, uma derradeira ovação ao causador do seu incômodo. Hörbiger saiu da ópera de Munique vestido de mouro de Veneza, nos braços dos seus colegas Iago, Cassio, Roderigo e Montano, que não tiveram outro remédio senão arrancá-lo à força, em meio à amotinação do público mais autêntico, daquela poltrona tão distante e lateral. Desde então Hörbiger não voltou a atuar. Não sei onde está agora, e prefiro não imaginar, enquanto fixo os olhos nesta pena negra que percorre o papel, porque temo que esteja em algum lugar em que talvez o animem a dormir suas onze indispensáveis horas e lhe permitam tomar banho e trocar de roupa quantas vezes deseje, mas no qual talvez lhe seja difícil fazer duas vezes amor. Como

quer que seja, o que se pode dizer em sua honra é que o grande
Hörbiger, por mais fantasiosos e fraudulentos que fossem seus
métodos para consegui-lo, não deixou de encher a platéia e os
camarotes de um só teatro desde o dia da sua primeira apresentação até o da sua retirada imprevista, ainda que para isso tenha tido
de se transformar, naquele último dia em que soltou uma só nota
e ouviu uma só ovação, no mais impaciente, incondicional e
sofrido espectador de si mesmo. Pobre grande Hörbiger. A todos
nós aguarda um final parecido ou não muito melhor, mas não
me resta dúvida de que os wagnerianos é que estão mais expostos
a sucumbir estrepitosamente por seu desmedido anseio de originalidade. É por isso que não sou wagneriano nem nunca serei.

Tudo isso aconteceu há dois anos. Há quatro a situação não
era nem de longe tão grave, mas já então Hörbiger procurava fi-
gurar no elenco com outros cantores consagrados ou em alta,
que chamassem o público por si sós, consciente, dentro da sua limitação progressiva, de que ele já não bastava para abarrotar as
salas. Os consagrados de Madri eram Volte ou Iago, e Desdemona, ou la Priés; o artista promissor era eu. O que promete provoca
muito mais expectativa e atrai muito mais do que o que oferece
ou confirma, por isso não se deve estranhar muito que no dia da
estréia do *Otello* de Verdi no Teatro de la Zarzuela fosse eu, dos
quatro intérpretes principais, o mais solicitado pelos jornalistas,
embora não negue que alguma influência nisso tiveram a ver
minha nacionalidade (à qual nunca renunciei) e o fato de que nenhum dos meus colegas de elenco falasse uma só palavra em
espanhol. Seja como for (e comento isso para fazer uma observação antes de continuar), desde que acordei, cedo, ainda com um
resto de perfume agradável e barato pairando não sei se na minha
memória ou no quarto, o telefone não parou de tocar. Tanto assim que, na quarta chamada, cedo, por volta das nove e meia,
quando eu me barbeava para descer e tomar o café-da-manhã na

deduzida companhia de Dato e Natalia Manur, estive a ponto de não atender e de pedir ato contínuo à telefonista que não me passasse mais nenhuma chamada. Mas (e aqui vem a observação) em todo esse sonho e em todo o prelúdio da minha história de amor com Natalia Manur (que é em que consistiu esse sonho em sua quase totalidade) havia e houve um misto de intenção e involuntariedade, como se à intenção houvesse bastado se mostrar, anunciar-se, dar-se em estado embrionário ou fazer breve ato de aparição, para que os planos ou desejos apenas vislumbrados ou insinuados por ela vissem nascer as circunstâncias que os possibilitavam (ou que possibilitavam a persistência dessa iminente intenção) e que não se deviam à minha ainda incipiente e nunca ratificada vontade de consumá-los. Creio que naqueles momentos, como em tantos outros deste prelúdio, não houve de minha parte verdadeiras tentativas, nem ardis, nem esforço, nem quase ação, o que não sei se me exime de alguma responsabilidade, pelo que aconteceu então e pelo que acontece hoje. Mas algo sobreveio, algo que, no entanto e portanto, não podia ser o chamado destino, nem tampouco o chamado acaso. Certa mão, digamos, talvez. (Mão diminuta, um indicador, talvez.) Só posso explicar por aproximação, como é, de resto, minha tendência habitual: era como se já não tivesse que fazer mais nada depois de pensar em fazer, e é mais ou menos isso que sucede conosco ao sonhar. Portanto, quem sabe, esta história, ou passado, ou fragmento de vida me parece mais verossímil depois que deixou de ser somente realidade e passou também a ser um sonho, a partir de hoje. Porque nada nem ninguém questiona os sonhos, que não têm virada de página nem necessitam de justificativa. Contam-se apenas, em sua ordem e com suas definitivas imagens, e tudo pode acontecer neles, até mesmo Natalia Manur não ter existido: pois esta manhã não a vi nunca com nitidez nem teve presença, nem ao menos teve voz, e é assim como a estou contando a vocês, sem que vocês possam ver seu rosto nem quase ouvir suas palavras, que eu, apesar de conhecer tão bem tanto estas como aquele, tampouco o vi e as ouvi. É possível que esta manhã tenha sido apenas um nome, Natalia Manur.

Deixei o espelho cair na cama e peguei o telefone, ainda com o barbeador elétrico na outra mão; e logo reconheci a voz, a mesma voz que me havia tão facilmente afugentado na já remota noite anterior. Sua falta de sotaque na minha língua era inconfundível: serena, um tanto elevada, bastante grave, embora mais de barítono propriamente do que de baixo abaritonado, mais de Jokanaan que de Wotan, alguns de vocês me entenderão. Não tive tempo de bater em retirada outra vez: podia ter desligado depois do meu 'Sim?', irritado com a nova interrupção (os telefones espanhóis funcionam tão mal), e não ter portanto respondido à sua presumível segunda tentativa; ter procurado Dato ou a própria Natalia Manur enquanto isso, ter me informado, ter me prevenido, ter me feito orientar por eles. Mas não pensei depressa e tornei a dizer 'Sim', afirmativo desta vez, em resposta àquela voz taxativa que tinha posto meu nome entre sinais de interrogação.

— Sou Hieronimo Manur — assim ele pronunciava o dele, pelo menos ao falar em castelhano, com o agá aspirado e sem torná-lo tão inequivocamente proparoxítono como teria sido o

Jerónimo de qualquer espanhol —, o marido de Natalia, conhece-mo-nos faz uns dias, o senhor deve se lembrar. Já sei que hoje é sua ópera, deve estar muito ocupado — falava com celeridade, sem admitir intercalações, como quem está despachando as chamadas questões preliminares numa reunião —, mas gostaria de falar com o senhor o quanto antes. Se estiver de acordo, posso ir vê-lo em seu quarto dentro de... cinco minutos está bem?

Não estava em absoluto bem para mim, nem estava nos meus planos que Manur viesse me ver no dia da estréia, nem em nenhum outro dia, mas seu tom decidido, naturalmente autoritário, impediu-me de lhe dizer isso com clareza.

— Bem, eu estava fazendo a barba antes de descer para tomar o café-da-manhã com sua mulher, justamente, e com Dato, seu secretário. Por que não nos reunimos com eles no restaurante? De que se trata? — Cometi o erro estúpido de fazer duas perguntas ao mesmo tempo, porque nesses casos quase sempre uma, a mais importante, fica sem resposta.

E Manur (eu soube disso, creio, desde o primeiro momento) era intransigente (um potentado, um ambicioso, um político, um explorador).

— Não, prefiro falar com o senhor a sós. Se quiser, termine de se barbear enquanto eu peço para nos levarem dois desjejuns ao seu quarto. O que o senhor toma, chá ou café?

— Café — respondi tão automaticamente como sempre respondi a essa invariável pergunta em tantos hotéis de luxo; e com essa resposta suponho ter aceitado receber Manur, pois ele se limitou a dizer 'Perfeito, eu também. Até já, então', e desligou.

Manur não me deu os cinco minutos que, mais que anunciar, me havia imposto, mas me concedeu os dez pelos quais naquele instante suspirei.

Pelo menos o primeiro deles perdi ouvindo como tocava inutilmente o telefone no quarto de Dato. Não me atrevi a pedir de novo o de Natalia, pois lá ainda estaria — se, como eu ansiava, estava mesmo me dando mais tempo — o próprio Manur. Após uma hesitação, pedi que ligassem para o restaurante, na esperança de que meus habituais companheiros de café-da-manhã já houvessem chegado. Quem atendeu a chamada demorou não menos de três minutos entre pegar o telefone e encontrar Dato, em todo caso levou esse tempo até que ouvi a voz do secretário do outro lado da linha.

— Pois não — disse. — Acabo de descer.

— Ouça, Dato, o senhor Manur me telefonou, quer falar comigo e vem aqui, de modo que não vou poder tomar o café com vocês. Tem alguma idéia do que ele pode querer?

Fez-se um breve silêncio, depois Dato replicou:

— O senhor cometeu algum erro? — A réplica me preocupou mais por sua franqueza do que por seu conteúdo propriamente, isto é, as impertinentes palavras 'cometer' e 'erro'.

— Erro? Como assim? Que tipo de erro?

Dato voltou a ficar em silêncio, suficientes segundos para que eu, impaciente, perguntasse em seguida:

— Natalia já está com o senhor?

— Deve estar a ponto de descer. Quer que diga a ela para lhe telefonar?

— Por favor. Não, espere, se puder torno a chamá-la dentro de uns minutos. É melhor.

No mesmo instante em que eu desligava bateram na porta, e pensei que era Manur. Era a camareira, que trazia dois desjejuns (café e café): sem dúvida Manur tinha tomado a liberdade de pedi-los antes mesmo de falar comigo e de averiguar minhas preferências. Enquanto a camareira depositava as bandejas numa mesa, tornei a pedir que ligassem para o restaurante e perguntei diretamente pela senhora Manur. Não sabia o que ia dizer a ela, nem sequer pude pensar nisso. A camareira, antes de sair, pediu que assinasse a nota e — como se faz nos hotéis de luxo para lembrar a gorjeta ao hóspede esquecidiço — deu um sorriso excessivo: com o telefone na mão e o fio esticado ao máximo, tive de procurar uma moeda no bolso de um paletó pendurado dentro do armário. E o que imagino ter sido o último daqueles dez minutos se consumiu numa malbaratada espera: quando Manur bateu na minha porta, Natalia Manur ainda não havia atendido e minha barba estava por terminar. Desliguei e fui abrir com a sensação de estar sujo (não estava), malvestido (não estava), nervoso (isso estava) e sem terminar de me aprontar (também estava, e vocês não sabem como me incomoda que alguém me veja sem eu ter terminado de me aprontar). Manur, ao contrário, vinha limpo, como que estreando sua indumentária típica da Nova Inglaterra e recendendo àquela colônia que talvez às vezes provocasse saudades na consciência passiva de Natalia Manur. Trazia o fedora verde na mão, sua calva impecável, seu bigode cuidado, os olhos faiscavam vigília e frieza. Não disse que dispunha de vinte minutos nem consultou o relógio. Antes que houvéssemos trocado mais palavras que as de cumprimento, quando ele já havia tomado assento à mesa em que se encontravam os desjejuns, havia me servido café com pulso seguro e tratava de servir o dele, viu-se ainda mais favorecido pelas circunstâncias. O telefone tocou outra vez. Atendi ao primeiro toque, desejando que fosse daquele quarto jornalista erroneamente adiantado — se bem que agora já fosse tarde demais — e não de Natalia Manur. Mas não tive sorte: o que ouvi foi a voz dela que me dizia: 'Alô, a linha caiu. O que foi? Dato me disse para ligar logo para você'. Não tinha dito a Dato que dissesse a Natalia Manur que ligasse logo para mim, pensei, mas sim que eu ligaria. Não soube o que responder e tinha de responder. Manur, vestindo um terno cor de café, já sorvia seu café e detrás da xícara — com seus olhos de outra cor — me fitava com atenção.

— Agora não posso falar — disse por fim. — Desculpe, mais tarde eu explico. — E desliguei.

— Não sei se vai ser possível — apressou-se a comentar Manur.

— Como disse? Que não vai ser possível?

Manur examinou fugazmente as unhas, como já o tinha visto fazer. Depois olhou para a minha cama, ainda desarrumada e em cima da qual haviam ficado meu barbeador e o espelho. Depois olhou para o meu queixo. Estive a ponto de enrubescer.

— Vejo que não pôde acabar de barbear-se.

— Não, o senhor não me deu tempo suficiente.

— Ah, pois calculei dez minutos desde que o chamei e, se me permite a observação, o senhor não é homem de barba cerrada. — Fez uma pausa, e eu pensei duas coisas ao mesmo tempo: 'Manur conhece expressões da minha língua que os estrangeiros não costumam saber' e 'Pergunto a ele agora se veio falar da minha barba, se devo lhe prestar contas sobre se me barbeio ou não?'; mas antes que eu me houvesse decidido, olhou para o telefone, apontou para ele com o indicador e acrescentou: — No entanto, vejo que também não conseguiu falar com minha mulher nestes dez minutos, e o que não sei se vai ser possível é se, como acaba de dizer a ela, vai conseguir depois.

Agora sim enrubesci, e não havia escuro para ocultar meu rubor.

— Não entendi — falei.

Manur terminou o café e serviu-se imediatamente uma nova xícara. Talvez fosse um desses tomadores maníacos de café, pensei, um insone voluntário, um escravo do café. Eu ainda não havia provado o meu, quer dizer, ainda estava em jejum.

— Também não conseguiu falar com ela ontem à noite.

Senti uma segunda e aumentada onda de rubor. Pensei, no entanto, que talvez a barba não feita estivesse dissimulando um pouco a vermelhidão (dei momentaneamente graças a Deus por não ter podido terminá-la). Puxei leve e desajeitadamente a cadeira, tentando aproximar-me contra a luz.

— Ontem à noite? Creio que falei sim. Jantei com ela e com seu secretário, como o senhor deve saber. Quase todas as noites, nos últimos dias. Nós nos tornamos bons amigos.

— Não estou me referindo a isso. Refiro-me ao seu telefonema ao nosso quarto depois da meia-noite e meia. Não se lembra? Eu atendi e o senhor desligou sem dizer nada. Uma coisa muito feia, que não se faz.

— Ah. E como sabe que era eu?

— Não quero brincar com o senhor: liguei imediatamente para a recepção e perguntei se aquele telefonema fugidio e anônimo veio de fora ou do hotel, e como me responderam que do hotel, perguntei de que quarto.

De novo não soube o que responder. Pensei: 'Parece que não há escapatória, esse homem sabe das coisas. O melhor é reconhecer, pedir desculpa por ter ligado tão tarde e inventar qualquer mentira'. A noite anterior estava distante e confusa para mim, embora eu me lembrasse muito bem (não tinha se dissipado) do meu forte desejo de Natalia Manur.

— Sim, tem razão. Pedi para ligarem porque tinha me esquecido de dizer a Natalia uma coisa sobre a minha estréia de hoje (a que espero, é claro, o senhor também assista). Quando o telefone já estava tocando, me dei conta do adiantado da hora, por isso desliguei. Sinto muito tê-los incomodado, não tive a intenção.

Mas Manur pareceu não ter ouvido mais que uma parte da minha explicação. A cada pausa esboçava um mínimo sorriso mecânico como os que, em completo silêncio, olhando para a frente, eu o vira prodigalizar no trem.

— Não — disse ele, e espichou um pouco seus lábios grossos —, o senhor desligou depois, quando ouviu minha voz. — E, como se o resto do que eu tinha dito não houvesse entrado na conversa, prosseguiu: — Olhe, não vejo inconveniente em que minha mulher faça amizades, pelo contrário. Sou um homem ocupado e não posso me dedicar a ela tanto quanto gostaria, de modo que me parece normal que ela se distraia com outras pessoas, por exemplo, o senhor, um cantor de ópera. Muito bem. Mas o que não posso admitir é que essas pessoas pretendam dela algo mais. Numa palavra, se vejo (como vi que está acontecendo com o senhor) que uma dessas pessoas começa a manifestar por minha mulher um interesse excessivo e irregular, não hesito em intervir para dissuadir essa pessoa do seu propósito. Procuro, aliás, fazer isso antes que surjam verdadeiras complicações; antes também que a pessoa em questão possa ficar com alguma teima ou sofrer, compreende? É por esse motivo que estou agora aqui.

Fiquei tão assombrado que por uns segundos não soube se se tratava de uma piada sem graça ou de uma dessas ingenuidades estrepitosas em que com freqüência incorrem os setentrionais com seu incorrigível gosto pela franqueza.

— O que o leva a pensar que tenho, como diz o senhor, um interesse excessivo e irregular por sua mulher? Isso tudo me parece desmesurado.

— É muito simples — disse Manur, e verificou com a mão que sua gravata de seda verde (que combinava com o fedora e com o verde mais pálido da camisa) continuava reta: não usava prendedor. — Ao senhor parece desmesurado, mas eu sei que não é. Ontem à noite, pela primeira vez, o senhor fez uma coisa anômala: ligar numa hora imprópria e desligar ao ouvir minha voz. Para mim, basta uma primeira ação anômala para saber o que vai acontecer em seguida. Mas, além dessa, houve uma segunda anomalia: o senhor mandou chamar logo depois uma prostituta, seguramente com a intenção de desafogar com ela seu mal-estar ou sua frustração. Suas duas ações de ontem à noite estão intimamente associadas e (embora o senhor talvez ainda não se tenha dado conta, não é improvável) — Manur era sentencioso — indicam esse interesse excessivo e irregular por minha mulher. Se não se deu conta, aqui estou para fazer que perceba. Conheço muito bem o processo, e o seu é vulgar. Creia, prefiro interrompê-lo em sua fase inicial.

Desta vez já não enrubesci. Pensei: 'Posso negar essa associação, dar-me por ofendido e tachá-lo de louco, mas para isso sempre há tempo; também posso ouvir mais'.

— O senhor fez investigações muito rápidas e eficazes, senhor Manur. Quem lhe contou tudo isso, o porteiro Céspedes? — O nome me veio imediatamente à memória, com o que me alegrei: para impor respeito é imprescindível recordar os nomes, das pessoas e das coisas. — Ou manda Dato me vigiar não só de dia, mas também de noite?

— Dato não está a par de nada disso. Do que diz respeito ao meu casamento eu cuido pessoalmente. Mas não terminei minha exposição. Ainda há uma terceira anomalia: o senhor, com essa prostituta, não passou aos atos, não é mesmo?

Aquele banqueiro belga sabia de tudo, pensei assustado: tanto da minha língua como da minha noite anterior. Tinha até conversado com a puta Claudina. Quando? As putas não madrugam. Vai ver que o encontro que ela tinha era com o próprio Manur. Ou a puta teria informado a Céspedes e Céspedes a Manur? Por que aquela puta argentina teria dado com a língua nos dentes? Claro que ela não tinha por que guardar nenhuma lealdade para comigo. Além do mais — e isso, como eu disse, pensei principalmente esta manhã —, eu não tinha sido simpático nem a tinha tratado bem. Me deu uma vontade danada de rir.

— Parece-me absurdo estarmos falando dessas coisas, senhor Manur.

— Seria, efetivamente, se pouco antes dessas coisas acontecerem o senhor não houvesse ligado para *o meu* quarto. O senhor não passou aos atos — Manur repetiu com imprecisão esse eufemismo coloquial, como se o houvesse aprendido recentemente e tivesse vontade de usá-lo —, e não posso deixar de ver nisso uma confirmação do que estou dizendo em relação ao seu interesse pela minha mulher. Chegamos a um ponto em que eu me vejo obrigado a lhe dizer que não torne a vê-la. Hoje iremos todos à sua estréia, vamos cumprimentá-lo depois do espetáculo (até tomaremos um drinque depois e faremos um brinde ao senhor) e amanhã não se encontrarão mais. Daqui a alguns dias poderão dizer-se educadamente adeus e ela o agradecerá por tanta amabilidade. Não é difícil: nem o senhor, nem nós ficaremos muitos dias mais em Madri, e espero não o ver aparecer por Bruxelas. Eu levaria isso muito a mal.

— Escute, Manur, isso tudo é um exagero.

— Pode ser. Eu posso me permitir um exagero.

Fiquei calado um momento, que Manur aproveitou para alisar com a mão os cabelos inexistentes, acabar sua segunda xícara de café e servir-se uma terceira, desta vez da cafeteira que me cabia. Um escravo do café. Eu, entretanto, continuava sem tomar o meu. Peguei o suco de laranja não natural que se achava na bandeja que me cabia e mantive-o na mão, sem levá-lo aos lábios.

— Diga-me uma coisa, o senhor sempre decide por Natalia? Imagino que ela deva ter uma opinião.

— Não vamos perder tempo com brincadeiras, senhor cantor — respondeu Manur, e me incomodou que me chamasse assim. — O senhor já deve saber, a esta altura da sua amizade com minha mulher, que nosso casamento é regido por condições muito particulares. Pois bem, fique sabendo que essas condições, por mais injustas que sejam, *sempre* são observadas, e agora também hão de ser.

— A maioria dos casais funciona assim, pelo menos em teoria.

— Não exatamente. Com a maioria dos casais não se dá a circunstância de que um dos cônjuges tenha — fez uma pausa mínima — comprado o outro, adquirido sua propriedade. Minha mulher me pertence no sentido mais rigoroso da palavra pertencer, e isso faz com que a opinião dela, como o senhor disse, só valha relativamente.

— Comprado? O que quer dizer com isso?

Pela primeira vez naquela conversa, Manur pareceu não ter previsto que eu pudesse replicar. Arqueou as sobrancelhas, como se costuma fazer para denotar surpresa em quase todos os países que visitei (observei que é um gesto internacional).

— Ela não contou?

— Ela nunca me falou do senhor!

— É mesmo? — Manur, pensei, era capaz de ser teatral. — Não sei se essa pequena novidade deveria me alegrar ou, ao contrário, me preocupar. O senhor não é, como deve imaginar, o primeiro com quem precisei ter uma conversa desse gênero, talvez tampouco seja o último, embora minha mulher já não seja tão jovem quanto antes. Mas os outros (não se iluda, muitos, muitos já) estavam um pouco mais bem informados. Não sei como considerar seu desconhecimento, esta é a verdade. Não me diga que minha mulher não lhe explicou nosso casamento, não me diga que não se queixou com o senhor! — Manur tinha se recuperado logo da sua surpresa e agora parecia divertir-se ligeiramente. Voltou a verificar com a mão a retidão da sua gravata verde. Tomou mais café. Caiu uma gota minúscula na gravata, mas ele não percebeu.

— Garanto que não. De resto, Dato sempre esteve presente aos nossos encontros. Pode perguntar a ele.

— Claro. Esse Dato se excedeu! — exclamou Manur. Seus olhos cor de conhaque e, com eles, o conjunto das suas feições plebéias — quer dizer, sua expressão (um histrião, um fingido) —

sofreram uma transformação instantânea e se tornaram graves como as de um animal. Acrescentou em seguida: — Bem, então eu mesmo vou explicar.

— Caiu uma gota de café na sua gravata.

Manur olhou confuso para a minúscula gota que eu apontava com meu indicador roçando sua gravata verde: a gota era da mesma cor do terno café.

— Posso usar seu banheiro, por favor? — perguntou.

Os poucos segundos que Manur ficou no meu banheiro (nem chegou a fechar a porta, eu ouvia a torneira da água quente) aproveitei para puxar totalmente minha cadeira de modo que a contraluz me beneficiasse e para me examinar rapidamente no espelho de corpo inteiro que havia em frente às camas. Apesar da barba metade por fazer, já não me sentia tão sujo nem tão nervoso. Vi que não estava malvestido, isso me confortou.

Quando Manur voltou, sentou-se de novo como se nada houvesse acontecido (nada havia acontecido, mas agora havia na gravata uma mancha de água bem maior do que o que havia sido a gota de café) e começou a falar. Tudo o que ele disse eu ouvi no meu sonho desta manhã com tanta exatidão como foi dito então, mas em compensação creio que não saberia repeti-lo com a mesma exatidão, pelo menos não nesta tarde que me pega cansado e faminto (pois vejo que está anoitecendo e ainda não almocei nem vou almoçar, seguramente vou esperar o jantar para me decidir a sair). Só sei reproduzir fragmentos do que Manur contou, mas, excetuando a mim mesmo pouco depois (e não posso me excetuar), nunca vi nenhuma outra pessoa com tanta vontade de perseverar em sua escolha e em seu amor. Mais ainda, agora sei que foi Manur que me contagiou, ou então fui eu que me expus a me contaminar ou que quis imitá-lo. Porque até então só tinha havido o desejo de continuar vendo diariamente Natalia Manur, o desejo físico de Natalia Manur e o desejo de aniquilar Manur. Foi a partir de então que entendi melhor, do mesmo modo que um homem que escreve pode começar a entender o que escreve a partir de uma frase casual que o faz saber — não de repente, mas paulatinamente —, por que todas as anteriores foram assim, por que foram escritas daquela maneira (que ainda não considerará intencional, mas também não mais casual) quando acreditava estar apenas tenteando, apenas brincando com tinta e papel para matar o tempo, por uma incumbência ou pelo sentido do dever que os que nunca têm nenhum dever sentem. Vocês nunca descobriram, nas atitudes, ou palavras, ou gestos dos outros, o que antes nem sequer vocês podiam denominar? Nunca viram neles o fulgor que nos falta, a claridade inconcebível, a mão firme e o traço seguro que nunca poderemos ter, o que outrora se chamava *graça*? Não aspiraram a ser eles por culpa da própria qualidade transcendente deles, da sua capacidade de infecção, da sua irracionalidade natural que nos aniquila? Nunca sentiram a tentação, melhor ainda, a necessidade de copiar escrupulosamente o ser de outro para arrebatá-lo e apropriar-se dele? Nunca experimentaram o desejo incontido da usurpação? Não a insuportável inveja da jovialidade ou do padecimento, da resistência ou da vontade? Não dos ciúmes sofridos por outro, não do fatalismo desse outro, nem da sua determinação, nem da sua condenação? Quem não desejou se condenar de uma vez para sempre e gozar a fixidez da morte em vida? Quem não ansiou ser objeto de uma maldição? Quem não ansiou ficar quieto e perseverar? Eu sou o Leão de Nápoles e ainda trago o triunfo pintado no rosto: quero continuar sendo o que sou. Mas sei que nem sempre fui assim nem tive esse nome. Manur, com seu inesperado exemplo, me ensinou a perseverar: Manur perseverava em seu amor. E agora que a fome vai me aguilhoando e embora já seja primavera, tive de acender a luz, torno a ver, como há quatro anos e como esta manhã, seus olhos repentinamente sérios e animalizados (disse: 'Estou há quinze anos esperando ser amado por Natalia Monte, minha mulher; já o senhor é um adventício, meu caro'.), que incompreensivelmente não evitavam a impiedosa luz matinal de Madri que entrava pela janela e batia em cheio no rosto dele, acendendo-o ('Foi uma mera transação comercial, o pai de Natalia se encontrava na mais absoluta ruína após anos de gestão incompetente e desastrosa, e os filhos, Natalia e o irmão Roberto, chegaram a temer que o pai culminasse sua depressão e sua irritabilidade dando-se um tiro ou dando-o na mulher, mãe deles, se seus negócios não se recuperassem e lhe permitissem retornar plenamente à atividade. Era um desses homens para os quais a atividade é tudo.') e dotando seus olhos de reflexos metálicos que os endureciam mais ainda, tanto que o olhar chegava a parecer aflito em um ou outro instante ('Foi Roberto que teve a idéia, que convenceu a irmã de me aceitar, da necessidade urgente do nosso enlace, de que uma aliança imediata com o poderoso banco da minha família era a única solução; e ele em pessoa levou-a a Bruxelas, onde muito apropriadamente foi o padrinho das nossas bodas, já que na verdade era ele que a entregava a mim. Isso já faz muitos, demasiados anos.') e por isso se assemelhava ao da sua mulher, como se tampouco Natalia e Manur, apesar do que ele contava, tivessem podido livrar-se inteiramente daquelas semelhanças arrepiantes que o tempo faz questão de desenvolver entre os não-consangüíneos que se atrevem a se ver diariamente. ('Eu a tinha conhecido três meses antes, durante umas férias em Madri, através do seu irmão, que havia feito comigo em Bruxelas uns cursos de especialização comercial; e não só a tinha cortejado convenientemente, mas lhe havia proposto casamento no último ato de desespero ditado pela antiquada idéia — eu tive uma educação convencional — de que suas recusas e negativas podiam se dever à falta dessa proposição formal. Estive sempre apaixonado por Natalia Monte, senhor, quase desde o primeiro momento que a vi.') Aqueles olhos que pareciam translúcidos por efeito da luz do sol lançavam de quando em quando rápidos olhares para a minha cama desfeita: nela continuavam, desoladamente, meu espelho de mão e meu barbeador ('Estou há quinze anos esperando que seja ela que me ame. E enquanto não existir outra pessoa, enquanto ela não tiver nenhuma ilusão e ninguém mais a quiser, sei que posso esperar, ou pelo menos ir realizando, um ano depois do outro, meu velho propósito de passar a seu lado minha vida inteira. Por isso o que não admito a ninguém é esse interesse excessivo e irregular em que o senhor já incorreu. A maioria das mulheres — e alguns homens estranhos também — ama por reflexo ou, se preferir, por imitação: ama e deseja o amor do outro, como está demonstrado e como o senhor deve saber. Por esse motivo eu me casei com Natalia Monte e salvei o pai dela da ruína absoluta e da destruição, apesar de ter consciência de que ela se casava comigo unicamente com esse fim ou, melhor dizendo, porque seu irmão Roberto havia planejado que fosse essa a salvação. E também por esse motivo sempre impedi que ela tivesse outro modelo em que se inspirasse e que arremedasse, *outro amor ao outro* que pudesse tentá-la, cuja existência constituiria — veja bem que não o estou enganando — o maior perigo para mim.'); depois, invariavelmente, como haviam feito da primeira vez, os olhos se dirigiam para meu queixo lembrando-me a minha aban-

donada barba, a minha estréia no *Otello* de Verdi naquela noite e
o fato de que eu ainda não tinha podido tapar a boca com esparadrapo — como é meu costume no dia de uma apresentação —
para me forçar a não falar durante as horas que precedem o espetáculo e, com isso, melhor reservar e preservar minha voz. ('Por vários anos ela esteve presa a mim porque teria bastado uma palavra
ou uma assinatura minha para devolver ao seu calamitoso pai a
mesma situação de que ela o havia tirado com seu casamento, ou
melhor, eu com o meu, ao me transformar em seu queridíssimo
genro, tão compreensivo quanto endinheirado. Mais tarde, quando o pai morreu, e a mãe morreu não muito depois, minha salvaguarda foi e continua sendo Roberto Monte, tão catastrófico nos
negócios como seu pai e pelo qual minha mulher sente uma ado-
ração maior ainda.') Seus lábios volumosos, carnudos, pálidos, se
mexiam com enorme velocidade, com sua habitual desenvoltura
na minha língua, sem sequer cometer erros: uma perfeição anti-
natural. ('Há uns poucos meses, não tive outro jeito senão mandá-
lo para a América do Sul, pois estava a ponto de ser preso e proces-
sado aqui por evasão de divisas, fraude ao fisco e não sei quantos
delitos monetários mais. É minha salvaguarda, senhor, e não me
escapa que minha mulher espera ansiosamente o momento em
que seu irmão Roberto — Roberto mais do que eu — a liberte do
seu compromisso comigo, anunciando-lhe que não corre mais
nenhum risco, que não depende de mim, que pode se arranjar por
si próprio sem medo das minhas represálias nem a necessidade da
minha proteção. Minha mulher acredita que eu manipulo as coisas de maneira que isso nunca possa acontecer, e essa crença dela
contribui para aumentar seu ressentimento para comigo e dificul-
tar o que estou esperando desde há tantos anos, seu amor pleno e
incondicional. De fato, não parece que a independência ou a
tranqüilidade financeira de Roberto Monte vá se dar, mas não por
minha causa: não é preciso que eu atrapalhe seus projetos nem

que me dedique a armar-lhe ciladas: ele se arruma sozinho para estar sempre na iminência de ir parar na prisão. Mas, apesar dessa garantia mais ou menos vitalícia, também exijo que na vida da minha mulher não haja sombras amatórias. O senhor deve imaginar quão infeliz ela deve ser, mas considere quanto eu também sou.') Manur falava com compostura e pouco ardor, mas cruzava e descruzava as pernas continuamente, num gesto de inquietação que também o aproximava de Natalia Manur, como se ele a houvesse copiado ou quem sabe ela a ele ('eu conto pouco na vida dela de hoje, mas também não há ninguém — nem deve haver — que conte mais. Eu já contei e voltarei a contar; daqui a não muito mais tempo, garanto, ela não será mais capaz de prescindir de mim. Por enquanto, pelo menos eu a vejo cotidianamente, todas as noites no mesmo quarto, no fim do meu dia de trabalho e do seu dia de entretenimento ou ensimesmamento, ou pode ser que de meditação sobre a sua negra sorte. Mas, não se esqueça, de entretenimento também: é ao que todos nós aspiramos, entreter-nos, não é verdade? Olhe, a vida que ela leva muitas mulheres invejariam, não digamos, por exemplo, essa prostituta que veio visitar o senhor ontem à noite. Por acaso Natalia Monte, minha mulher, trocaria de papel com essa prostituta? Na verdade, não sei se é aceitável que alguém como ela possa se queixar, assim como não sei se seria aceitável que alguém como eu se queixasse. Por acaso eu trocaria de papel com o senhor?'), e enquanto falava continuava servindo-se e tomando café sozinho das duas cafeteiras que tinha feito suas, até que percebeu com visível aborrecimento que não havia mais uma só gota nelas ('É uma mulher endinheirada, tem tudo o que quer — isso não é um problema —, tem sua própria conta que eu me encarrego de abastecer, até um acompanhante fixo que é muito do agrado dela, que ao que parece a diverte, com o qual se entende bem e com o qual sempre que quiser poderá desabafar. A mim não importa, como tampouco teria me

importado que houvesse desabafado com o senhor: não faço se-
gredo de nada disso, principalmente com perfeitos desconheci-
dos que desaparecerão imediatamente da nossa existência, por
que faria? E se ela não leva mais vida social é porque em geral pre-
fere não ir comigo aos meus jantares e reuniões: mas isso é uma
opção *dela*, como foi uma opção *dela* não trabalhar, talvez para
me castigar com sua inatividade. Escute, não gostaria de um pouco mais de café? Estes hotéis estão ficando cada vez mais mesqui-
nhos com o café'). Levantou-se e, depois de me perguntar se podia
usar meu telefone com o aparelho já na mão, pediu — ou melhor
ordenou — que trouxessem mais uma cafeteira para o meu quarto; depois voltou a sentar-se, não sem antes ter aproveitado sua
passagem fugaz diante do espelho de corpo inteiro para, ele também, dar-se uma veloz olhada e certificar-se de que a mancha de
água e a gota de café já tinham desaparecido. ('O senhor deve
estar se perguntando o que vem acontecendo nestes últimos quinze anos, à noite, em nosso quarto, e essa sua curiosidade eu não
vou satisfazer. Basta-lhe saber que essas condições pelas quais se
rege nosso casamento excluem — independentemente do que
tenha acontecido tempos atrás ou aconteça hoje em nosso quarto
— a possibilidade de que cada um viva a sua vida, como dizem
agora, creio eu, com um eufemismo sem imaginação. O descum-
primento de qualquer uma dessas condições seria para mim o
casus belli mais grave que se possa imaginar. Tão grave quanto se
ela me abandonasse, o senhor compreende?') Em mais de uma
oportunidade ao longo do seu palrear — em particular depois daquele latinório, lembro-me bem — tive o impulso de interrompê-
lo e fazer-lhe uma pergunta ou observação, mas seu tom sossegado,
opressivo, alerta, era o do diretor de empresa detalhista e escrupu-
loso cuja vez de ler um relatório composto com tanto esforço ou
tanto prazer chegou e que não perdoará aos membros da sua dire-
toria o mais insignificante inciso nem lhes dará a oportunidade de

objetar nada. ('O senhor não pode entender, o senhor deve ter tido uns namoricos vulgares. Só lhe conto isso para o senhor ver qual é a situação e qual é minha posição; para que saiba que não estou disposto a permitir que estes quinze anos tenham transcorrido em vão por um descuido de última hora; para que o senhor tenha por bem afastar-se desde amanhã mesmo da minha mulher e desviar do seu pensamento todo esse interesse excessivo e irregular do qual já me deu ontem à noite suficientes provas. Não sou um marido negligente. Os que o precederam nesse interesse perceberam isso muito bem: mediram os obstáculos, calibraram as dificuldades, agarrou-os a preguiça, baixaram os braços, recuaram, só uma vez foi preciso desembolsar certa quantia. O senhor deve ser como eles. Não me complique a vida nem complique a sua. Minha mulher não é um bom negócio, acredite, não dá lucro.') Quando bateram na porta e eu fui abrir, no umbral não me esperava apenas a camareira que trazia mais café, mas também uma arrumadeira que, guiada por seus próprios percursos e horário, vinha disposta a fazer a minha cama e a arejar o quarto; Manur, torcendo-se em sua cadeira, convidou a primeira a entrar e despachou a segunda ('Volte mais tarde, não vê que ainda estamos tomando o café?') sem parar para pensar que eu talvez desejasse ter minha cama feita e meu quarto arejado, minha barba terminada e minha boca tapada pelo esparadrapo protetor dos grandes dias como aquele. Enquanto eu assinava a nota e pagava o sorriso, vi passar o casal cubano ou canarino que saía do quarto ao lado. Não eram madrugadores. Não vi a cara deles, somente um costume de paletó cinza ou azul e um vestido colorido. Ela era mais alta e ia atrás. Chegou até a mim uma rajada de perfume floral e ouvi que ele dizia 'Agüente, ora!' e ela respondia 'Juro que não posso mais'. Fechei a porta e voltei ao meu lugar, em frente a Manur. ('O senhor, agora, está num momento em que a única coisa que tem são, ainda, pensamentos. E o que são os pensamentos? Nada, senhor, algo tão simples que dá até para adivinhar, algo tão passageiro que, conforme vão vindo, dá até para contar. Eu adivinho os seus, o senhor já sabe os meus, não é mesmo?') Apesar de tê-lo pedido com tanta decisão, Manur não se serviu mais daquele café. Talvez o tenha pedido somente para me restituir o que me cabia e que eu não havia chegado a provar — o da minha xícara estava frio, servido por ele. ('Vou aplaudi-lo esta noite.') Descruzou as pernas. Levantou-se para ir embora. Acariciou a gravata. Alisou a calva. Pegou o fedora. Consultou o relógio ('Ela tem um cheiro muito gostoso', e eu não soube se se referia à sua mulher, Natalia Manur, à cubana ou canarina que acabava de passar e que não podia mais, ou à puta Claudina, cujo perfume agradável e barato — o quarto sem arejar — talvez ele estivesse em condições de ainda perceber). Falou:

— Considere que não há vínculo mais estreito que o que prende o que é fingido ou, melhor ainda, o que nunca existiu. — E vi-o levantar o indicador pela terceira vez. Também foi aquela a terceira vez que o vi.

Suponho que o quarto jornalista tenha por fim ligado não muito depois. Mas então eu já me havia barbeado e tapado a boca com meu esparadrapo: hesitei um instante, não respondi.

Já estava com tanta fome que tive de fazer uma pausa e desci para jantar num restaurante próximo, animado, caro e concorrido e que, sendo muito freqüentado por turistas, abre as portas bem cedo. Antes espiei na caixa de correio e peguei a correspondência que me esperava desde de manhã. Ninguém a havia me entregado, porque ninguém tinha vindo me visitar hoje. E deixei o telefone por conta da secretária eletrônica, de modo que não vi ninguém nem falei com ninguém até agora, e o dia já está para terminar. Entre numeroso papelório dos bancos e um ou outro pré-contrato para cantar daqui a uns dois anos num ponto determinado do globo no qual sei desde agora que me encontrarei em tão remota e exata data, a única carta que havia na caixa de correio (e que li enquanto aguardava o jantar no meio da algaravia dos turistas) era daquele sujeito, Noguera, o marido ou viúvo da minha companheira, Berta. Surpreendentemente — apesar do meu silêncio — dirigiu-se outra vez a mim, justo no dia de hoje, depois que no meu sonho desta manhã Berta tinha aparecido pela primeira vez desde que soube da sua morte umas três semanas atrás, pela mesma via marital. Noguera, nesta segunda carta que acabo de ler, insiste primeiro sobre meus velhos livros e me avisa que, se eu não responder confirmando que quero reavê-los, não terá outro remédio senão jogá-los no fogo com o resto (diz assim mesmo, 'jogá-los no fogo', expressão em princípio estranha, considerando que a primavera já chegou). Não vai continuar morando na casa ou torre que compartilhava com Berta, comunica-me (e, nesta ocasião, ao contrário da primeira, passa a comentar seu estado de espírito, que é de desespero), porque lhe é extremamente dolorosa a lembrança constante da sua mulher. Tão penosas lhe são as horas que não só planeja abandonar o domicílio conjugal, como também destruir todos os seus pertences (dela) e tudo o que contribuía para alimentar sua memória (dele), a qual pretende que 'morra de inanição'. Ainda é moço, afirma, espera refazer a vida e, dado que tem essa firme intenção de aniquilar fotos, roupas, sapatos, discos, jóias, loções, vídeos, cremes, aventais, livros, espelhos, remédios, cartas — em suma, tudo o que em vida sua mulher utilizou —, pergunta-me se antes de acender a pira eu não desejava receber — além dos tais livros meus que já me especificou — alguns desses objetos que ele, 'ao contrário', não quer tornar a ver. Talvez, cogita, ao invés do que acontece com ele, eu quisesse manter viva a lembrança de Berta com uma coisa tangível que pertenceu a ela, e esse notarial indivíduo — que agora tenho certeza se chama Noguera porque acabo de ler — me anexa outra lista pormenorizada e inverossímil de todas as coisas que tem por bem me oferecer antes da sua projetada queima. Noguera acha que poderiam me interessar principalmente as fotos da época em que ela e eu nos 'relacionamos mais' e as cartas e postais que eu mandei ('não são muitos, além dos cartões-pessoais') e que ele encontrou numa lata de bombons Lindor. Mas — insiste — não vê inconveniente em me mandar qualquer outro objeto que me agradasse guardar. Se no prazo de duas semanas não receber resposta minha — como não recebeu para a sua primeira carta —, entenderá que não tenho intenção de ficar com nada 'do aqui inventariado' e procederá à 'cremação', de modo que, se tiver, urge-me a responder e me dá seu telefone barcelonês, para o caso de minhas muitas viagens e compromissos ('de que sei pelos jornais e a televisão') não me derem tempo para escrever e achar mais cômodo indicar-lhe verbalmente o que gostaria de conservar. Não me atrevi a ler detidamente a nova lista de várias folhas, mas ao correr a vista por ela — repetidas vezes, é verdade — verifiquei duas coisas: que Noguera está louco bastante para incluir nela toda classe de objetos que não têm nada a ver comigo, comprados sem dúvida nenhuma muito depois que deixei de saber de Berta; mas não tanto para ter me oferecido (como cheguei a temer) meias, calcinhas e coisas do gênero — que com toda a certeza devem estar entre as que a fogueira devorará —, nem tampouco o faqueiro de prata, o toca-discos, o aparelho de vídeo ou a televisão — que certamente as chamas não consumirão daqui a quinze dias. Noguera, perturbado com a inesperada e talvez evitável morte da sua mulher (e é normal que esteja mais transtornado agora que da primeira vez que se dirigiu a mim, quando acabava de enterrá-la e a acalmia e razão que nos trazem os mortos ainda não o haviam desertado), não é capaz de compreender que, se quiser esquecer Berta Viella, então não haverá *mais ninguém* que a queira lembrar. Porque o último é quem conta, daí, por exemplo, que seja nossa última viúva a que se tem de consolar e que as heranças vão parar quase sempre para os que não nos conheceram jovens, mas na decrepitude execrável ou na rígida maturidade. Daí que o grande Gustav Hörbiger não é mais para mim nem para ninguém no mundo o Heldentenor mais heróico do nosso século, e sim um demente maníaco que vive provavelmente encerrado num hospital alemão e cuja morte próxima já não o definirá. Daí que Otello será um justiceiro e Liù uma mártir até o fim dos tempos, daí que não poderei esquecer facilmente Manur (daí, em compensação, que ainda não sei quem sou nem se alguém ou ninguém vai se lembrar de mim). Noguera, com seu oferecimento impossível, pretende infringir uma lei imutável, segundo a qual o último é o que determina, pune, emenda ou anula o que houve antes. Ele é e sempre será o marido de Berta, sua derradeira escolha, e se agora se lamenta e lhe incomoda não esquecer, o que não pode fazer é procurar levar a cabo uma transferência ilícita e passar a mim essa responsabilidade. Não posso efetuar uma palingenesia, não quero recordá-la; mais ainda, como já disse antes, nem me lembro mais dela. Não quero esses livros que foram meus, não quero dela as fotos de monumentos, caras e praias, nem seus postais de meio mundo que não mandei, não quero uma esponja de banho nem um roupão, nem um disco arranhado de Lauritz Melchior, nem tampouco um novinho de Pavarotti, para não falar num dos meus cantando trechos sublimes de sete óperas. Não quero seus remédios nem seus óculos escuros, seus sapatos de salto agulha nem suas sandálias Azaléia; seus romances comprados demasiadamente ao acaso, seus anéis, seus vistosos brincos, suas garrafas não bebidas de vinho do Reno e de Veuve Clicquot; sua água-de-colônia, seu colírio, seus abajures, seus batons, suas cerâmicas de La Bisbal, o trilobito que lhe dei de presente; suas camisas de mescla de seda, seus cinzeiros de cristal de Murano, suas saias furta-cores, suas conchas do Lido, seus bules de chá ingleses, sua coleção de galos de todos os países e de todo tipo de material, suas gravuras — tão bonitas — de Fortuny. Não quero nada do que ela possuiu. Ou talvez só uma coisa: pois, muito embora não tivesse a intenção de fazê-lo, entre um prato e outro — o restaurante estava tão cheio, os garçons tão arrastados, o maître que é tão amável não me dava bola, tão grande era o vozerio e eu me chateava por não poder escutar nenhuma conversa —, folheei mais que o devido as minuciosas e delirantes folhas que Noguera me mandou, e vi que na terceira página aparece o objeto 'elegante calendário italiano' (é assim que o qualifica o coitado do Noguera, que continuo sem saber a que se dedica nem, na realidade, quem é). Pergunto-me se será o mesmo (marzo, ottobre, dicembre) que adornava a parede do quarto da nossa casa de Barcelona; quero dizer, se será da mesma marca ou da mesma série, se Berta, com seu detalhismo, terá continuado a comprá-los estes anos todos e, portanto, se os fazem ainda. Poderia pedir a Noguera esse calendário elegante. Porque, em todo caso, daqui a uns quatro meses terá acabado e terei que jogá-lo fora, e não durará nem me fará recordar por muito tempo o que não estou mais capacitado a recordar. Talvez não seja ruim para mim voltar a olhar para ele nesse período, pois temo que a partir de hoje novamente ninguém velará meu sono nem eu velarei o de Natalia Manur. Esta manhã, ao acordar, ela não estava em nossa cama descomunal com quatro patas de leão, e ainda não voltou para casa. Pode ser que não seja nada de mais. Dormi tão mal e tão pouco durante tantos anos que agora tomo todas as noites forte dose de sonífero (vinte e cinco gotas) que me imergem num torpor tão profundo que até não se terem consumado minhas oito horas de sono nada consegue me acordar, senão minha própria vontade alertada antes de eu adormecer ou a vontade de alguém de interromper minha letargia e fazer-me voltar ao mundo: uma ou outra vez Natalia precisou de mim durante a noite e me chamou em voz alta, me sacudiu, abriu meu pijama, molhou-me as têmporas e o pescoço com água fria. Mas ontem à noite meu pensamento não foi vigilante e ela certamente não precisou de mim, de modo que é indubitável que tenha saído cedo sem que eu percebesse e é possível que o tenha feito com pressa, e que por culpa dessa pressa nem sequer me deixou um bilhete explicando aonde ia ou pelo menos avisando que não viria almoçar nem jantar. Que tivesse pressa é mais do que provável, pois ao que parece saiu de viagem — impossível saber se de avião ou de trem —, e nunca sobra tempo quando a gente vai viajar. No armário das malas faltam duas e uma grande bolsa, e desapareceu a maior parte dos seus pertences mais íntimos, dos quais eu não saberia agora mesmo fazer uma lista como a de Noguera, pois, ao contrário do que acontecia com ele, não as tenho aqui diante da minha vista. Mas levou o que nunca se deixa para trás: o banheiro está esvaziado de quase todas as suas coisas e minha escova de dentes volta a estar só, como antes; sei que suas gavetas já não guardam sua roupa íntima, nem seus armários, sua roupa de outono, o que me induz a pensar — dado que em nosso hemisfério está começando a primavera — que talvez tenha tomado um avião para a Argentina, país em que seu irmão Roberto (o qual, é bem verdade, já fazia muito tempo que não via, e sente amiúde muita saudade dele) vive prosperamente e preferiu permanecer até hoje. Sim, pode ser que, num arroubo, tenha decidido ir vê-lo. Mas um arroubo assim tem de ser planejado, e também existe a possibilidade de que Natalia Manur tenha me abandonado sem me dizer nada, como quatro anos atrás abandonou Manur, e com *seu* abandono eu também sonhei. (Tantas vezes Natalia me contou como costumava lhe anunciar: 'Quando eu por fim for embora, você não saberá'.) Nas últimas semanas, ou talvez meses (o tempo é tão fugidio quando você está sempre de viagem, e nestes anos de convivência corremos o mundo por causa da minha profissão), ela parecia cansada de tanta viagem e também — um pouco — de mim. Estava de novo com olheiras que acentuam sua feminilidade, ria menos que de costume com seus formosos dentes que a iluminam e voltara a roer excessivamente — um velho tique adquirido em sua primeira juventude, ou pode ser que já em Bruxelas — as peles em torno das unhas, e os dois indicadores — principalmente esses dedos, mas também os outros — tinham voltado a apresentar o aspecto encarnado, infantil e feio daquela estada em Madri. Mas o que me deixava mais preocupado era o cansaço anormal que a invadia cada vez que chegávamos a um novo lugar em que eu devia cantar. O que há quatro, três, dois anos, o que há tão-somente seis meses constituía para ela a fonte do maior prazer parecia ter-se tornado um suplício suportado sem queixas violentas nem quase expressas, mas — não me resta dúvida — com grande dor. Nas últimas viagens não tinha forças nem para desfazer as malas: andar ainda agüentava bem, e se mostrava inteira e até animada durante o provisório extremo dos trajetos; mas, quando o mensageiro nos introduzia em nosso quarto, ela sentia um esgotamento invencível e caía como que fulminada numa das camas do quarto do hotel. Ao fim de umas poucas horas de modorra ou estonteamento reunia coragem suficiente para despir-se e tomar uma chuveirada; depois voltava a apagar, e assim permanecia, nessa alternância de chuveiradas e sestas, e alguma leitura ou televisão, durante toda a estada na cidade da vez. Não queria mais sair sozinha para visitar os lugares (e olhem que ultimamente estivemos em Praga, Paris, Berlim) nem assistir aos meus ensaios (e olhem que ultimamente fiz papéis muito prestigiosos, como Eneas, Pinkerton, Des Grieux) nem ir me buscar no fim deles para irmos jantar em companhia de colegas ilustres e pessoas interessantes (e olhem que recentemente encontramos Anna Telesca, o pitoresco Guillerme, o bem-posto Jerusalem). Pedia que levassem suas refeições ao quarto, fazia questão de só falar e ouvir espanhol, em suma, passava pelas cidades, que faz não muito tempo entusiasmava-se em ver e nas quais rastreava esperançosa toda sorte de enfeites e utensílios para nossa casa, como se elas só existissem pelo nome na passagem de avião. Comportava-se como personagem de uma excelente comédia que não faz muito vi no vídeo: um encantador ex-boxeador, gordo, leal e abobalhado, que não sabia reconhecer se estava em Chicago, Nova Orleans ou Detroit, acostumado em sua antiga vida de pugilato a ficar trancado em seu quarto de hotel. Não sei o que Natalia fazia enquanto eu ensaiava a ópera ou gravava o disco que nos tinham levado aonde estávamos, mas os poucos instantes que nas viagens mais recentes estivemos juntos no quarto, ela, caída na cama — muitas vezes enrolada numa grande toalha por não ter encontrado energia suficiente para voltar a se vestir depois da chuveirada —, limitava-se a ler revistas de todo gênero, ou cochilava, ou no mínimo bocejava, e — a televisão sempre ligada, embora sem som para não atrapalhar meu estudo e meus exercícios, ou porque afinal de contas não lhe interessava ou não queria ouvir outro idioma — mal respondia com monossílabos aos meus comentários e iniciativas e com o rosto ou a testa às minhas efusões. Em algumas cidades, sem quê nem para quê, perguntou-se que fim teria levado Dato, com algo na voz não muito distinto da saudade, e a verdade é que já não parecia apreciar tanto minha voz ou meu canto: na realidade, cheguei a vê-la fazer uma careta ou duas de aborrecimento — o que se chama torcer o nariz — quando fiz meus exercícios em sua presença e levei a cabo alguns vibratos vertiginosos ou retumbantes trêmulos, que antes eram causa da sua admiração. Em Paris e em Berlim pretextou enxaquecas e nem sequer assistiu ao espetáculo. Nunca tinha faltado. E nos breves períodos passados em casa não a vi muito mais feliz. Mas na verdade foi só esta manhã, ao acordar do meu sono com a renovada imagem do único instante (como lhes contei) em que seu rosto me apareceu com claridade, que me dei conta de que sua expressão dos últimos tempos, o não-olhar que predominava nela enquanto permanecia deitada folheando revistas, entrevendo programas de tevê ou no máximo indo à janela e contemplando impassível uma linda avenida, uma praça histórica, uma venerável igreja ou os enigmáticos habitantes de algum país transformados em miniaturas articuladas, era a mesma que vi aquela vez primeira e que me fez saber que Natalia Manur (da qual eu ainda não sabia o nome) estava acometida, como foi mesmo que ela disse?, de dissoluções melancólicas.

E foi isso tudo o que aconteceu quatro anos atrás e esta manhã no meu verídico e ordenado sonho, o que ainda estou em condições de recordar e que não posso impedir-me de fazê-lo, pois ainda não é bastante tarde. O que mais aconteceu? O que mais sonhei, à medida que escrevo mais distante e difuso o sonho? Oh, sim, também sonhei que beijava pela primeira vez Natalia Manur, quase sem saber, naquele outro quarto de hotel (não de luxo) a que fomos na tarde seguinte da estréia do *Otello* de Verdi no Teatro de la Zarzuela, quando já estava em plena vigência a proibição de Manur, e no entanto Manur já tinha sido abandonado, embora ele ainda não soubesse. Eu também não sabia: a maioria das vezes a gente não sabe quando foi tomado nem quando foi deixado, não só porque isso sempre ocorre às nossas costas, mas porque é impossível isolar o momento em que tais reviravoltas acontecem, do mesmo modo que sempre se ignora se o fato mesmo de ser tomado obedece aos próprios méritos ou virtudes, à própria e irrepetível existência, à intervenção decisiva levada a cabo, ou, simplesmente, à sua casual inserção na vida alheia. Não consegui ter certeza, em todo esse tempo (no intervalo que vai de exclamar 'Agora chegou minha vez e minha hora!' a dizer 'Nossa hora e nossa vez passaram!', o intervalo transcorrido nesses quatro anos), de ter sido eu pessoal, inequívoca e insubstituivelmente necessário para que Natalia Manur, após quinze anos de aceitação e submissão a uma situação decretada, depois de três lustros de convivência erguida sobre a rotina, as condições estipuladas, o pacto econômico, o temor à represália, a eliminação do prévio, a espera e quem sabe — também — um mútuo amor irreconhecível em todos os sentidos dessa última palavra, decidisse pôr fim a essa situação e a essa convivência certa tarde de meados de maio e realizar a partir daí uma substituição cimentada seguramente em coisas muito menos sólidas e vinculantes: a liberdade de escolha, a convicção de um discurso, a adulação do amor, o ardor de uns beijos, o desafio, a expectativa e quem sabe — também — uma paixão tão reconhecível quanto primária. Eu não sei se o determinante foi que eu era o número cinco, ou dez, ou quinze dos pretendentes afugentados abusiva e tiranicamente por seu marido (aquele pretendente que estava prescrito provocaria um 'basta'), ou se foi a ausência em Madri de Roberto Monte — nunca antes experimentada — que a fez perder toda a paciência e desdenhar todo o medo por seu irmão ou por ela, e ver o que lhe restava do seu futuro afinal mais negro do que nunca o havia visto quando ainda lhe restava tanto: cinco, ou dez, ou até quinze anos mais, desde o início do seu casamento. Só sei que ao fim da esperada estréia do *Otello* de Verdi e contra o que o próprio Manur me havia anunciado, nem ele, nem ela, nem Dato passaram por meu camarim para me cumprimentar e depois comemorar o sucesso comigo. Também não apareceram a puta Claudina com seu paraninfo Céspedes: sendo eles afinal de contas das poucas pessoas que eu conhecia em Madri naquela época, apesar de ter sido essa a cidade da minha adolescência, perdi lamentavelmente, como já comentei, a oportunidade de convidá-los. Também não apareceu, como também já contei, meu padrinho, o senhor Casaldáliga, a quem eu havia mandado dois ingressos por um motoqueiro. O resto da minha cota eu havia cedido ao Heldentenor Otello, que — ele ainda disfarçava então ante seus possíveis rivais — me havia perguntado mais de uma vez se porventura não me sobrava nenhuma entrada, tantos eram seus contatos. Ninguém bateu na porta do meu camarim, quero dizer, ninguém que não estivesse obrigado a isso ou que não fosse totalmente espontâneo, e portanto não pude passar aquela noite com as pessoas que durante minha estada em Madri tinham me acompanhado — pode-se dizer — incessantemente. Quando me confirmaram no teatro que todos os espectadores haviam saído, vi-me arrastado por meus colegas e pelos empresários (sempre desejosos de se exibirem junto das celebridades, e eu estava me tornando uma) a um jantar tardio num lugar barulhento e, depois, a um desses terraços tumultuosos em que, quando vem o bom tempo, os madrilenos se eternizam em vários dos seus passeios. Minha lembrança mais viva daquela noitada é a contínua passagem — como acontece em Madri onde quer que você se encontre e a qualquer hora desde que o sol se põe — dos escrupulosos caminhões de lixo: um estrépito horrendo, um cheiro de imundices arruinavam a cada certo momento as conversas e o sabor do que se bebia. Penso agora que, se agüentei tanto tempo naqueles lugares e com aquela gente foi porque me reconfortava continuar ignorando o que havia acontecido com os Manur (esse estado clemente da incerteza) e temia poder ficar sabendo se voltasse ao hotel, onde talvez me dissessem o que eu desconfiava e não queria ouvir de maneira nenhuma: que tinham partido sem deixar rastro. Foi uma noite odiosa. Desdemona ou a bela Priés levava consigo o medíocre e mal-apessoado primeiro violino (espanhol) da orquestra, que — sem dúvida sentindo-se mais audaciosa e com mais privilégios depois do seu clamoroso triunfo no palco — ela beijocava sem dissimulação e cujo peito cabeludo acariciava distraidamente. Iago ou o fátuo Volte se retirou por sorte bem cedo, pois, apesar de o dia seguinte ser de absoluto descanso, ainda pensava aperfeiçoar de manhã cedo (foi assim que disse, 'aperfeiçoar') algumas nuances da sua interpretação; mas antes de ir embora pontificou por dez minutos sobre as limitações do meu trabalho. Otello ou Hörbiger se embriagou levemente, contava anedotas maliciosas e quase exigia que a totalidade das pessoas da comprida mesa (quinze ou vinte, das quais quase nenhuma entendia alemão, única língua que lhe saía coerente e fluida naquele estado) prestasse atenção: de vez em quando — conforme traduziram para mim — gritava da sua cabeceira: 'Escutem, escutem todos, que esta é muito divertida!'; mas seu pior inimigo, contudo, não era a incompreensão lingüística, e sim o obsessivo e tirânico serviço de lixo da capital e seus ubíquos caminhões que abafavam tudo. Foi depois de uma dessas pestilentas exalações acompanhadas pelo estrondo da trituração imediata que, sem aviso prévio, vomitei no chão do terraço. Vomitar é péssimo para um cantor, mais que tudo por causa dos espasmos. Alarme geral, quase todos — por medo do efeito sugestivo ou por nojo — viraram-se de costas. Limpei-me como pude com meu lenço e outro que me emprestaram e, quando me senti mais aliviado, voltei de táxi para o hotel, onde me aguardava um recado que Céspedes em pessoa (evidentemente seu turno era sempre o da noite) me entregou com minha chave. Vi que reparava no meu paletó manchado, mas não fez nenhum comentário a respeito nem tampouco sobre meu desperdício, na noite anterior, da sua massagista conveniada, do qual eu o supunha a par. Limitou-se a me perguntar, com seu tom profissional, se precisava de alguma coisa antes de me deitar.

O envelope era de Dato, que me rogava para que, chegando ao hotel, por mais tarde que fosse, passasse por seu quarto sem falta. Eram duas e meia e eu estava todo descomposto, mas o benefício da dúvida não dura muito: agora precisava saber, fui ver Dato. Poucas vezes dei com um homem tão contidamente nervoso como naquela madrugada se mostrou o ex-corretor da Bolsa de mãos setecentistas. Tinha me esperado fumando um cigarro atrás do outro — o cinzeiro repleto — e trajando um robe de seda bordô, embora por baixo ainda vestisse calça e camisa; também estava calçado, com sapatos marrons (de cadarço). Mediu-me de cima a baixo e de baixo para cima, indubitavelmente por meu desastroso aspecto. Mas também foi como se me olhasse pela primeira vez ou de um novo ângulo, talvez como imagino que eu poderia ter olhado para Noguera quatro anos antes, se o tivessem apresentado a mim como futuro marido da minha namorada Berta.

— Espero que compareça amanhã ao encontro que terei com o senhor em outro estado, mais apresentável. Quer tomar alguma coisa? — E ao dizer isso pôs a mão no puxador da geladeirinha ou minibar do quarto. Não me deu tempo nem de negar com a cabeça. — Imagino que não, a julgar pelas marcas que traz. Um acidente?

Olhei para o paletó.

— Não pude passar no quarto para trocar de roupa, nada grave. O que aconteceu?

— O senhor na certa sabe melhor do que eu. Ao que parece, além de me liberar do meu cargo de acompanhante, vai também me privar do emprego. — Quem falava não era mais o indispensável e circunspecto Dato que se limitava a assistir em silêncio a nossos jantares, e conversas, e passeios, e compras, mas que voltava a ser aquele que eu tinha conhecido a sós no bar do hotel: vivo, ousado, irreverente, embora não sorrisse mais (petulante e sombrio).

— O que está querendo dizer? De que está falando? Por que não vieram ao teatro?

Dato acendeu outro cigarro, depois bateu nele com o dedo

136

para fazer cair a cinza que ainda não existia. Estava excitado, mas, como eu disse, continha-se.

— Não sei, não tem importância. Não sei o que está acontecendo, pela primeira vez em muitos anos não sei o que está acontecendo. Mas não ligue, na verdade não há perigo de que eu perca meu emprego. Ao contrário, provavelmente serei ainda mais imprescindível, agora terei de cuidar sozinho da outra parte. Eu já lhe disse certa vez que lidar com um casal era como lidar com uma só pessoa contraditória e desmemoriada. Agora vai ser diferente, mais fácil talvez, um homem sozinho sem contradições — e repetiu: — um homem sozinho.

Calei-me, Dato fumava. De repente seu rosto se iluminou (um pouco): apareceram suas gengivas protuberantes:

— A não ser que suas intenções sejam outras, e não as que estou dando por certas. Se amanhã, no encontro marcado, o senhor se limitasse a se divertir, a passar um bom momento e depois deixasse as coisas como estão, como sempre estiveram... Eu, se me permite, lhe recomendaria agir assim. Seria melhor, não sei se para Natalia e para o senhor, mas certamente para mim e para o senhor Manur. Provavelmente para vocês dois também, não o convenço, não é?

— De que encontro está falando? Quer fazer o favor de me explicar logo de uma vez? Onde está Natalia?

Desta vez, apesar de cometer de novo o erro de acumular as perguntas, Dato respondeu a todas elas.

— Natalia está no quarto dela, dormindo com o senhor Manur. A razão pela qual lhe pedi que viesse me ver foi para lhe dar um recado dela. Mandou que eu reservasse um quarto neste hotel aqui — dizendo isso pegou com dois dedos um cartão que havia em cima da mesa e estendeu-o a mim — e quer que o senhor vá se encontrar nesse quarto com ela às cinco da tarde. Antes não poderá vê-la, quero dizer, no café-da-manhã e tudo o mais. Suponho que seja um encontro galante — não fez a menor pausa entre esse comentário e o que disse em seguida, como se quisesse que ele fosse ouvido mas não percebido —, também me encarregou de cumprimentá-lo por sua atuação desta noite. Tem certeza, mandou dizer, que deve ter sido um enorme sucesso. Lamenta muito não ter assistido.

Olhei para o nome e o endereço do tal hotel. Ficava na mesma rua, quase em frente segundo se lembrava — um hotel modesto —, como se fosse o primeiro que Natalia Manur havia visto ao sair do nosso.

— Obrigado — disse. Depois hesitei: —Escute aqui, Dato, suponho que o senhor Manur não sabe de nada disso, não é?

Dato apagou o cigarro, sem terminá-lo, com irritação, ou com desespero ainda recente.

— O que o senhor acha? Falou com ele esta manhã, conheceu-o, não é? Isto nunca havia acontecido.

— O que nunca havia acontecido?

— Já lhe disse que Natalia Manur não tinha amantes.

Diante de Dato não fui capaz de enrubescer.

— O senhor me disse que informava o senhor Manur do que sabia e de mais nada, e que não sabia se ela tinha ou teve amantes. Amanhã, porém — continuei sem enrubescer —, amanhã talvez tenha um, e o senhor estará a par. Não sei se pensa informá-lo, mas parece-me que em se tratando desse homem há uma grande diferença entre fazê-lo antes ou depois.

Dato puxou o maço do bolso do robe e acendeu mais um cigarro com seus finos dedos que davam a impressão de poder se queimar tanto quanto o papel e o fósforo.

— Meu caro, o senhor não parece estar entendendo, ou talvez vá fazer o que aconselhei e que ao mesmo tempo não acredito que faça. Se Natalia Manur for amanhã a esse encontro e o senhor também; se o senhor não se limitar, como recomendei, a se divertir um instante e dar-se mais ou menos por satisfeito com isso, à noite não haverá a menor necessidade de informar o que quer que seja ao senhor Manur. Ela não vai voltar e ele saberá que não vai voltar. Não sei em que momento da madrugada se dará por vencido e admitirá ter sido (e então virá me ver), mas não chegará ao amanhecer sem que tenha entendido. É justo que pelo menos da vez que será para valer ela seja poupada de suportar as cenas dele. Eu assistirei a elas. — Calou-se um instante e exalou a fumaça do cigarro pelas fossas nasais, como se tentasse disfarçar um suspiro. Depois acrescentou: — O senhor é um eleito, não entendeu?

Depois daquela estada em Madri não soube mais de Dato, nem fui capaz de representar na minha imaginação sua cara nos quatro anos que medeiam entre os acontecimentos que conto e esta manhã. Agora eu ainda o vejo bem, embora saiba que nos próximos dias suas feições feéricas e sem idade voltarão a se esfumar indefectivelmente. Vejo bem seus cabelos encaracolados e seus olhos saltados, suas mãos mínimas e suas gengivas gomosas, seus sapatos de cadarço e seu robe de seda bordô (vejo sobretudo aquelas mãos minúsculas que não pegariam mais o troco do que sua patroa pagava, e vai ver que era a gratuidade daquele gesto que naqueles momentos fazia pender a balança). Vejo também sua expressão desdenhosa quando, ao sair do quarto e virar-me para lhe perguntar por que não procurava impedir o encontro, a inauguração, por que ele favorecia Natalia Manur contra o marido, respondeu-me com voz oxidada e rouca, semi-oculto pela fumaça de uma baforada:

— É difícil saber quem sai favorecido por uma ação ou por uma omissão, mas a gente também se cansa de não ter preferências.

Assim como aquela foi a última vez que ouvi falar de Dato, às cinco da tarde do dia seguinte foi a primeira vez que vi Natalia Manur sem seu acompanhante, que, de fato — obediente, venal, dúplice, mas também sujeito às suas escolhas —, não nos seguiu naquela tarde de nuvens esverdeadas e alaranjadas, e de muito vento, quando Natalia Manur e eu entramos juntos no quarto alugado daquele hotel um tanto ou quanto sórdido porque não tínhamos aonde ir naquela cidade que havia sido em outros tempos a cidade de ambos. Fechei a porta e, quase sem saber, fiz chover beijos sobre o rosto de Natalia com reservado ardor, como se tivesse pressa de chegar à alma dela. Beijei suas faces pálidas, sua testa dura, suas pálpebras pesadas, seus grandes e descorados lábios. E, quase sem saber, ela sentiu-se erguida por meu poderoso abraço, como se eu houvesse lançado sobre a sua cabeça uma onda que a esgotaria somente com sua passagem.

Quando tu morreres, eu te chorarei de verdade. Eu me aproximarei do teu rosto transfigurado para beijar com desespero teus lábios num derradeiro esforço, cheio de presunção e de fé, para te devolver ao mundo que te haverá relegado. Eu me sentirei ferido na minha própria vida e considerarei minha história dividida em dois por esse teu momento definitivo. Cerrarei teus olhos renitentes e surpresos com mão amiga e velarei teu cadáver embranquecido e mutante durante a noite toda e a inútil aurora que não terá te conhecido. Retirarei teu travesseiro, eu, teus lençóis umedecidos. Eu, incapaz de conceber a existência sem a tua presença diária, vou querer seguir sem dilação teus passos ao contemplar-te exânime. Irei visitar teu túmulo e falarei contigo sem testemunhas no alto do cemitério, depois de ter subido a ladeira e ter te contemplado com amor e cansaço através da pedra inscrita. Verei antecipada na tua a minha morte, verei meu retrato e então, ao reconhecer-me em tuas feições rígidas, deixarei de crer na autenticidade da tua expiração, por dar à tua corpo e verossimilhança à minha. Pois ninguém está capacitado para imaginar sua própria morte.

Manur esperou quatro dias para começar a morrer, isto é, para tentar se matar com uma pistola de sua propriedade com a qual se atrevia a atravessar fronteiras quando as cruzava de trem; foi só então — antes de hoje — que corri o risco de perder Natalia Manur e tive de suplicar-lhe naquele quarto de hotel e dizer-lhe, como sonhei: 'Não quero morrer como um imbecil'. Porque ela queria ficar do lado dele enquanto ele se recuperava, e de fato voltou para o lado dele e ficou com ele durante as três semanas que durou o que não foi a recuperação, mas a agonia dele. Aquela tentativa que pareceu fracassada e acabou não sendo foi levada a cabo enquanto eu me encontrava no palco do Teatro de la Zarzuela representando pela terceira e última vez em Madri o papel de Cassio no *Otello* de Verdi, e Natalia admirava do seu lugar na platéia repleta. Quando ficamos sabendo, ao voltarmos tarde da noite da nossa comemoração privada, Manur já dormia num hospital e tudo fazia crer que ia se salvar. Haviam-no encontrado cinco horas antes, imediatamente depois de disparado o tiro: um casal — talvez um casal cubano ou canarino — se enganou de

142

andar: estiveram brincando com os elevadores depois de beberem toda uma variedade de coquetéis no bar do térreo. A mulher, que estava com a chave na bolsa, tentou abrir a porta do que acreditavam ser o quarto deles sem resultado; ele, impaciente com o que supunha excessiva falta de destreza ou nova brincadeira dela, tomou-lhe a chave e, quando já forçava entre risadas e em vão a fechadura do quarto de Manur, os dois ouviram muito nitidamente o estampido vindo de dentro e se sobressaltaram. Avisado pelo casal, o porteiro informou o gerente, que se apresentou ante a porta com a chave mestra, acompanhado por três subalternos. Dato, igualmente avisado no mesmo instante, também apareceu. O grupo não pôde impedir que o casal embriagado acompanhasse sua operação entre exclamações e risadinhas. Depois de bater e não obter resposta, abriram e entraram, encontrando Manur sentado no chão aos pés de uma poltrona, da qual certamente havia caído ao sofrer o impacto. Tinha ficado com o ombro apoiado contra a beirada do assento, as abas do seu paletó estariam amarrotadas. A aragem fazia as cortinas bailarem, azuladas pela noite recém-chegada. Havia uma luz acesa, a do banheiro aberto, que clareava um retângulo. Manur não se achava dentro desse retângulo. Estava totalmente vestido a passeio. Estavam postos os óculos que eu não tinha certeza de que utilizasse. Tinha a pistola na mão — o indicador ainda enganchado — e no peito um orifício. O sangue ia empapando a camisa, o paletó e a gravata. Como um representante de vendas.

A mão havia vacilado e a bala destinada ao coração tinha ido parar no pulmão esquerdo sem danificar nenhum órgão vital. Ou então a mão tinha se mantido firme e havia ferido onde queria ferir, embora correndo nesse caso o risco de um desvio fatal. Pensou-se de início que Manur viveria, mas não foi assim. Não entendo nada de medicina nem de ferimentos nem de armas nem de balas (na realidade, não entendo de quase nada que não seja minha profissão), mas explicaram-me que não somente as balas costumam estar sujas — as balas *são* sujas, parece —, mas que com elas entra no corpo o pedaço de roupa que atravessam e empurram, e a roupa sempre contém bactérias que, se o médico que intervier não for hábil e consciencioso, ou não tiver sorte, podem produzir infecções gravíssimas que às vezes ninguém será capaz de debelar: foi isso que Natalia se limitou a me contar mais tarde que aconteceu com Manur. (Quem sabe, se ele não tiver tomado o cuidado de ajeitá-la no momento de disparar, não foi um pedaço daquela gravata verde em que uns dias antes havia caído uma gota de café na minha presença que penetrou em seu pulmão, infeccionando-o até a morte, mas isso é impossível saber e impossível saber que não, pois sem dúvida ninguém mais se lembrará — se é que alguém prestou atenção — de como estava exatamente vestido quando disparou; ocorre-me também que talvez Manur quisesse de fato morrer, mas não no ato, e sim com Natalia ao seu lado — a encarnação da vida — e que portanto não tenha errado o tiro e apontado bem, mas tomando o cuidado de sujar previamente a bala de propósito: quem sabe se não a manchou e borrou conscientemente na noite anterior com o lixo de alguma caçamba pela qual tenha passado antes que os insaciáveis caminhões da cidade de Madri começassem a devorá-lo.) Morreu, como disse, três semanas depois da tentativa (que naquele momento, suponho, deixou de sê-lo), e até o último instante Natalia Manur esteve ao seu lado. (Ela o viu morrer e nunca me falou da sua morte nem dessas três semanas, das quais nada sei.) Suspendi um recital de canções contratado para Lisboa uns dias depois e voltei a Barcelona dois dias depois daquele disparo no quarto de luxo ou — o que dá na mesma — na manhã seguinte ao dia em que Natalia Manur abandonou nosso segundo hotel, no qual portanto, se não me engano, permaneci sem ela apenas mais uma noite. (Pensei, parece-me, que devia ir preparando Berta para quando —

Manur recuperado ou morto — Natalia se decidisse a me procurar novamente e voltasse para mim, mas esse pensamento não apareceu no meu sonho.)

Eu não o vi, quero dizer, não vi Manur ensangüentado, nem enfaixado, nem convalescente, nem moribundo. Tampouco, é claro, morto. Sempre achei que cometeu um erro, aquele homem despótico que à primeira vista parecia incapaz de cometê-los e, no entanto, cometia tantos. Embora eu não saiba qual, e só saiba mesmo o que Dato contou a Natalia e ela contou a mim: que Manur passou os três primeiros dias da sua solidão levando a cabo, sem alterações, as atividades que havia programado anteriormente à sua descoberta na noite (ou terá sido ao raiar do dia) seguinte à da minha estréia. Segundo Dato, sua reação inicial foi muito moderada, ao contrário do previsível e também do costumeiro em seus antigos alarmes falsos, ou quando muito antecipados. Nem sequer procurou arrancar do seu secretário o lugar em que nos encontrávamos, quase em frente, na verdade, de onde ele estava. Dato disse — contava Natalia — que ele parecia ensimesmado, se não indiferente, e sobretudo sem o menor desejo de falar da fuga, nem mesmo para se lamentar. No máximo, dizia Dato (mas Dato podia mentir nisso e em tudo, como pode mentir qualquer um quando conta uma coisa que só esse um sabe ou diz que sabe), a única coisa estranha que observou em seu comportamento foi que em duas daquelas tardes ligou e viu por um bom momento televisão, o que era insólito num homem tão inquieto e ativo como o senhor Manur (viu que assistia a um concurso e a uma partida do Real Madrid). A tarde ou a noite em que tentou se matar, e de fato conseguiu, foi precedida por um dia de trabalho normal — o que, no caso dele, queria dizer intenso — e não prescreveu disposições especiais nem procurou deixar resolvidos todos os assuntos que o haviam levado a Madri. Ainda havia muitas coisas pendentes e inclusive duas reuniões marcadas para a manhã seguinte, penúltima da sua estada, em princípio. Nada — dizia Dato —, nem nas setenta e duas horas precedentes nem no próprio dia da tentativa, haveria feito alguém presumir suas intenções. Pode ser que não tivesse nenhuma. Pode ser que Manur tenha chegado cansado ao seu quarto ao começar cair a tarde e tivesse se jogado, vestido, na cama de casal depois de deixar o fedora verde em cima da colcha, seguramente ignorando a superstição que proíbe deixar um chapéu em cima de uma cama. Pode ser que, depois de ficar deitado uns dez ou quinze minutos, tenha ligado com o controle remoto a televisão para assisti-la sozinho, como eu assistia com Berta quando voltava a Barcelona depois das minhas viagens e como Natalia não parava de assistir recentemente, em nossos últimos quartos de luxo das grandes capitais do mundo em que cantei. Pode ser que naquela tarde ou noite não houvesse concursos nem jogos de futebol. Pode ser que Manur, então, tenha se levantado e aberto o armário para trocar de roupa ou pôr um robe que também seria de seda, mas, ao contrário do que vi em Dato, provavelmente cor de café ou verde, as cores prediletas do senhor Manur, conforme a imagem ou idéia que dele me ficara definitivamente. Mas talvez não tenha chegado a mudar de roupa nem a pôr esse robe, porque naquele armário teria visto, como eu vi hoje nos da minha casa, muitos dos vestidos deixados para trás por Natalia Manur, que ao segundo e sórdido hotel em frente veio apenas com o mais necessário numa mala de tamanho médio que eu vi no chão do quarto por quatro dias e que ela ainda tem e levou esta manhã. Quem sabe Manur tenha tocado naqueles vestidos com seus dedos um pouco gordos, vai ver até que os beijou com seus lábios volumosos ou esfregou seu rosto de feições rudes nos tecidos cheirosos e inertes, e um pouco de barba (deve refazê-la ao anoitecer, quando sai) impediu que eles deslizassem suavemente pela sua face. Manur vê a tarde cair: abre a janela da sacada para ver melhor como cai a tarde, e um ar primaveril que não é próprio do seu país agita levemente as cortinas ainda não azuladas e que seriam idênticas às que eu tinha, se bem que no meu quarto, ao contrário do dele, não havia cama de casal, mas duas camas gêmeas com um tapete no meio. Manur põe os óculos e dirige o olhar para a televisão, que não passa nada de interessante; depois olha para fora: é o céu de Madri, um avião do qual já não terei medo, a rua, a praça, as mulheres que já saem arrumadas, os carros de mil cores. Aquele não é o seu país. Seus olhos cor de conhaque espiam moderada e pausadamente através das lentes; já não correm, rápidos, nem se sentem mimados pelas coisas do mundo. Manur desliga a tevê e acende a luz do banheiro, em cujo espelho se mira fugazmente — seu vigor —, sem se deter. Alisa um pouco o cabelo, sem se dar conta do que faz. Urina com a porta aberta, ainda está de paletó. Volta ao quarto, vê a tarde cair. Senta-se e espera anoitecer. Não deixa transparecer nada. Meu dia está terminando e começo a ter sono, pergunto-me o que sonharei esta noite quando largar esta caneta e me deitar sozinho. Minha consciência está acostumada a permanecer alerta (gennaio, agosto, novembre). Manur olha para sua mão na penumbra. Assim, sentado, vestido, sente vontade de se liquidar. Minha mão está na penumbra. Mas não se preocupem, eu seria incapaz de seguir o exemplo dele."

[*Maio de 1986*]

DOIS EPÍLOGOS

Nenhum terreno vedado

Juan Benet

Protegido por um título decididamente neutro e oitocentis-
ta, *O homem sentimental*, o romance de Javier Marías aborda uma
situação tão antiga quanto o mundo: o conflito desencadeado num
triângulo amoroso que — não se esconde de ninguém — para
ficar bem resolvido precisa ser concluído num desenlace fatal, com
a morte, a desgraça ou a separação dos três protagonistas. Tudo
menos o final feliz de dois à custa da infelicidade de um.

Pode-se dizer que o romance de Javier Marías em nada se
afasta da linha clássica do gênero; e, fosse isso pouco, o relato está
escrito na primeira pessoa, já que terminaram os fatos do drama,
envolvido em parte pelas brumas de um sonho tão intenso que
obriga o narrador — o vértice do triângulo que provoca a discór-
dia — a transformar o revivescimento numa confissão escrita.
Assim — dirão — não acrescenta nada de novo ao tema, apenas
traz algo inédito a um argumento não menos conhecido, por
mais extenso que seja em suas escassas variáveis. E foi justamente isso que, a meu entender, se propôs Javier Marías, um leitor

constante do romance europeu, tão apaixonado pelos clássicos como atento aos últimos e menos chamativos produtos do mercado. É bem possível que o leitor ávido de novidade — seja em busca de uma nova variante do eterno conflito, seja de um tratamento ultramoderno do mesmo, saturado com os tópicos e o palavrório de 1987 — chegue ao final das páginas com a sensação de que lhe furtaram o que mais lhe interessava. Mas é bem possível também que perceba que foi surpreendido por outra espécie de novidade, muito menos chamativa e muito escassa nos produtos habituais do mercado: a excelência literária com que o autor aborda o tema, como se, consciente de que um argumento é pouco mais que um artifício que lhe possibilitará divertir-se com os detalhes ou um campo de observação em que pode ensaiar as virtudes de um instrumento capaz de captar o que outros não refletiram, houvesse obrigado a si mesmo a demonstrar que nenhum terreno, por mais abusivamente cultivado tenha sido, está vedado à ação da pena.

O *homem sentimental* é o quinto romance de Marías e, a meu ver, assim como encerra uma etapa, abre outra, de características que já se percebem muito particularmente. Em 1971, havia publicado, aos dezenove anos, um excelente e cruel pastiche, *Los dominios del lobo*, cujo título constitui uma sintética metáfora de algumas preocupações do autor, obcecado com as pessoas duras e impenetráveis que se soltam no amor. Em *Travesía del horizonte*, *El monarca del tiempo* e *El siglo*, os personagens intencionalmente artificiosos e melodramáticos foram progressivamente perdendo relevo para dar mais espaço às notas íntimas, às reflexões de certa profundidade e aos detalhes escrupulosamente esboçados. Em *O homem sentimental*, esses personagens ficaram reduzidos a dois cantores, um dos quais, o Heldentenor, protagoniza a surpreendente anedota cômica do romance (p. 99), enquanto o outro procura, por todos os meios de que dispõe, parecer, sentir, amar e escrever como uma pessoa educada. Com três vértices — vem nos dizer Marías, como um corolário literário de um princípio geométrico —, cria-se um mundo de infinitas figuras e relações.

[*Março de 1987*]

O que não se consumou

Javier Marías

Na origem de O *homem sentimental* estão duas imagens: a primeira poderia pertencer, mais que à realidade, a uma edição ilustrada de O *morro dos ventos uivantes* ou a alguma das versões cinematográficas que foram feitas do romance de Emily Brontë. A imagem mostra um homem e uma mulher separados por uma vala numa paisagem rural. Estão se falando, talvez se encontrando, talvez se despedindo. Essa imagem, porém, não aparece no meu livro; serviu de estímulo, foi sua palpitação inicial — conforme a expressão de Nabokov — e desapareceu. A segunda imagem, essa sim, é real e ficou no livro, em sua primeira parte: viajando de trem de Milão a Veneza tive diante de mim, por três horas, uma mulher que correspondia exatamente à descrição física e moral que o leitor encontrará poucas páginas depois de começar a ler. Quando me pus a escrever quase só tinha isso e a frase que abre o relato.

Essa é minha maneira habitual de trabalhar. Preciso ir tenteando, e nada me chatearia e dissuadiria tanto quanto saber cabalmente de antemão, ao iniciar um romance, o que ele vai ser: que personagens vão povoá-lo, quando e como vão aparecer ou desaparecer, que será das suas vidas ou do fragmento de suas vidas que vou contar. Tudo isso ocorre enquanto o romance vai sendo escrito, pertence ao reino da *invenção* em seu sentido etimológico de descoberta, de achado; há inclusive momentos em que você pára e vê abertas duas possibilidades de continuação, totalmente opostas. Concluído o livro — isto é, concluída a *descoberta*, uma vez que o livro *é* de uma maneira determinada, que a publicação transforma em imutável —, parece impossível que pudesse ter sido diferente do que é. E então você *acredita* que pode falar dele, que até pode explicá-lo com outras palavras, diversas das que empregou no próprio livro, como se elas não devessem bastar em todos os casos.

O *homem sentimental* é uma história de amor em que o amor não é visto nem vivido, mas anunciado e recordado. Pode isso acontecer? Algo como o amor, que é sempre urgente e inadiável, que requer a presença e a consumação ou consumição imediata, pode ser anunciado sem que ainda exista ou ser verdadeiramente lembrado quando não existe mais? Ou será que o próprio anúncio e a mera lembrança formam, *já* e *ainda* respectivamente, parte desse amor? Não sei, mas creio, sim, que o amor é fundamentado em grande medida em sua antecipação e em sua memória. É o sentimento que requer maiores doses de imaginação, não apenas quando é intuído, quando você o vê chegar, e não só quando quem o experimentou e o perdeu tem necessidade de explicá-lo a si mesmo, mas também enquanto o próprio amor se desenvolve e tem plena vigência. Digamos que é um sentimento que sempre exige algo fictício *além* do que a realidade lhe proporciona. Dito com outras palavras, o amor sempre tem uma projeção imaginária, por mais tangível e real que o creiamos num momento dado. Está sempre por se consumar, é o reino do que pode ser. Ou do que pôde ser.

Nesse reino se movem os personagens de O *homem senti-*

mental, ou pelo menos assistimos sobretudo àqueles fragmentos das suas histórias em que — por antecipação ou lembrança — mais obrigados estão a conviver com o amor quando ainda não o têm ou já o perderam. A diferença entre os dois principais personagens masculinos do livro está em que, assim como um deles não se conforma com essa dimensão imaginária, projetiva ou fictícia, mas dá os passos necessários para que seu amor vislumbrado se veja deslocado por seu amor vivido (para que seu amor se consuma), o outro, o verdadeiro homem sentimental, é que aceitou — com paciência, mas sem resignação — esse caminho imaginário, unilateral, e se instalou vitalmente nele. Para o primeiro personagem, o fim do seu amor não será excessivamente grave — como de fato não é para quase ninguém na sociedade atual —, porque desde o momento em que optou pelo real ou, se preferirem, pelo *consumado*, já escolheu o ponto de vista da memória, que torna as coisas suportáveis. Já o outro personagem, ao perder um amor não consumado (e concebido como tal), vê-se obrigado a abandonar o verdadeiro reino do amor, o da possibilidade e da imaginação. E é essa perda, sobretudo, que leva ao desespero.

No meio há uma personagem feminina, Natalia Manur, que no romance é mostrada apenas de maneira difusa, como se através de um véu. Só é vista com nitidez numa ocasião, no começo, adormecida, como eu vi a mulher do trem Milão — Veneza. Isso pode surpreender, já que se trata ao mesmo tempo de um personagem central, mas talvez pertença a essa longa estirpe de mulheres de ficção que (como Penélope, como Desdêmona, como Dulcinéia e tantas outras de linhagem inferior) estão e talvez não sejam: seguramente as mais perigosas para quem entra em contato com elas, e o narrador de *O homem sentimental* não parece ignorar isso: "Pois sei muito bem", diz, "que não há submissão mais eficaz nem mais duradoura que a que se edifica sobre o que é fingido, melhor ainda, sobre o que nunca existiu". Cabe se perguntar se esse narrador também quis dizer: "sobre o que não se consumou".

[Março de 1987]

ESTA OBRA FOI COMPOSTA POR RITA DA COSTA AGUIAR
EM ELECTRA E IMPRESSA PELA GRÁFICA BARTIRA SOBRE PAPEL PÓLEN SOFT
DA SUZANO BAHIA SUL PARA A EDITORA SCHWARCZ EM DEZEMBRO DE 2004